MESSAGE DES HOMMES VRAIS

Du même auteur
aux *Éditions J'ai lu*

Message en provenance de l'éternité, *J'ai lu* 5624

MARLO MORGAN

MESSAGE DES HOMMES VRAIS AU MONDE MUTANT

TRADUIT DE L'ANGLAIS
PAR CAROLINE RIVOLIER

Ce livre est dédié à ma mère ;
à mes enfants, Carri et Steve ; à mon gendre, Greg ;
à mes petits-enfants, Sean Janning et Michael Lee ;
et tout spécialement à mon père.

Titre original :

MUTANT MESSAGE DOWN UNDER
HarperCollins Publishers, Inc.

L'homme n'a pas tissé la toile de la vie, il n'est qu'un fil de cette toile. Quoi qu'il fasse à la toile, il le fait à lui-même.

American Chief Seattle

La seule façon de surmonter une épreuve, c'est de l'affronter. C'est inévitable.

L'Ancien Cygne-Noir-Royal

Quand le dernier arbre sera abattu, la dernière rivière empoisonnée, le dernier poisson capturé, alors seulement vous vous apercevrez que l'argent ne se mange pas.

Prophétie d'un Indien Cree

Née les mains vides,
Je mourrai les mains vides.
J'ai vu la vie dans sa munificence,
Les mains vides.

Marlo Morgan

NOTE DE L'AUTEUR

Ce livre, inspiré par une expérience réelle, a été écrit *a posteriori* car, comme vous le verrez, je n'avais pas de carnet de notes sous la main. Il est présenté au lecteur comme un roman, de façon à protéger la petite tribu d'Aborigènes de complications légales. J'ai éliminé certains détails par respect pour des amis qui ne veulent pas être identifiés et pour garantir le secret de la localisation de notre site sacré.

Je vous ai évité des recherches documentaires en donnant des informations historiques. Je peux aussi vous éviter un voyage en Australie : les conditions de vie des Aborigènes se retrouvent dans les villes des États-Unis où des pauvres à peau noire habitent des quartiers-ghettos et vivent, pour plus de la moitié d'entre eux, d'allocations. Ceux qui ont un emploi remplissent des tâches subalternes ; leur culture semble disparue, tout comme celles des Amérindiens parqués dans des réserves et à qui il a été interdit pendant des générations de pratiquer leurs rites sacrés.

Mais je ne vous éviterai pas la lecture de *Message des Hommes Vrais*.

Certes, l'Amérique, l'Afrique et l'Australie s'efforcent apparemment d'améliorer les relations interraciales. Mais quelque part, au cœur desséché du désert australien, persiste la pulsation d'une vie très ancienne, lente et régulière : un groupe de gens qui ne se soucient pas de racisme mais seulement des autres et de l'environnement.

Et comprendre cette pulsation équivaut à mieux comprendre l'être humain.

Ce manuscrit, publié à compte d'auteur, a déclenché de furieuses controverses et, après l'avoir lu, vous pourrez aussi aboutir à différentes conclusions. Il est facile de se rendre compte que l'homme que je décris comme mon interprète n'a peut-être pas toujours obéi aux lois en matière de recensements, impôts, vote, occupation des terres, permis d'exploitation minière, enregistrement des naissances et des décès, etc. Il se peut qu'il ait aussi favorisé l'insoumission d'autres membres de tribus. On m'a demandé de révéler son identité et d'emmener un groupe dans le désert sur la route que nous avons suivie. J'ai refusé. On peut évidemment en conclure que je suis coupable d'aider ces gens à échapper aux lois, ou encore, puisque je ne désigne pas les membres de la tribu concernée, que je mens et que ces gens n'existent pas.

Ma réponse est que je ne suis pas le porte-parole des Aborigènes australiens. Je ne parle que pour la petite nation qu'on appelle le Peuple Sauvage, ou les Anciens. Je suis retournée les voir, en regagnant les États-Unis juste avant janvier 1994. J'ai de nouveau reçu leur approbation et leur bénédiction.

À vous, lecteur, je voudrais dire ceci : certaines personnes n'ont qu'un objectif, se distraire. Si vous êtes de celles-là, lisez pour vous distraire et reposez le livre. Pour vous, ce n'est que de la fiction et vous ne serez pas déçu, vous en aurez eu pour votre argent.

En revanche, si vous prêtez attention au message, il vous pénétrera, il vous transpercera, vous le sentirez dans vos entrailles, dans votre cœur, dans votre tête, jusque dans la moelle de vos os. Vous savez, ç'aurait pu être vous, le messager choisi pour cette marche dans le désert et, croyez-moi, j'ai maintes fois souhaité que ce fût le cas.

Nous faisons tous, un jour ou l'autre, l'expérience du désert intérieur, et elle nous permet d'élargir notre conscience.

Il s'est trouvé que mon expérience s'est déroulée dans le vrai désert intérieur australien, mais j'ai fait ce que vous auriez fait, avec ou sans chaussures.

Tandis que vos doigts tourneront les pages, puisse le Vrai Peuple toucher votre cœur. J'écris en anglais mais sa vérité n'a pas besoin de mots.

Goûtez ce message, savourez ce qui est bon pour vous, et recrachez le reste : après tout, c'est la loi de l'univers.

Dans la tradition du peuple du désert, j'ai aussi adopté un nouveau nom, pour traduire un nouveau talent.

Sincèrement vôtre
Langue voyageuse

Ceci est un livre de fiction inspiré par une expérience, vécue en Australie mais qui aurait pu l'être en Afrique ou en Amérique du Sud, partout où existe encore un sens véritable de la civilisation. Qu'à travers mon histoire, le lecteur entende son propre message.

M. M.

1

INVITÉE D'HONNEUR

Peut-être y eut-il un avertissement, mais je ne me rendis compte de rien. Les événements étaient en marche et le groupe des prédateurs attendait déjà, à des kilomètres de là. Le lendemain, mes bagages défaits une heure auparavant seraient étiquetés « non réclamés » et ils resteraient à la consigne de l'hôtel mois après mois. Je ne serais qu'un sujet américain de plus porté disparu en pays étranger.

C'était une étouffante matinée d'octobre. Les yeux fixés sur l'allée d'accès à l'hôtel australien cinq étoiles où j'étais descendue, je guettais un messager inconnu. Loin d'être étreint par un pressentiment, mon cœur chantait. J'étais en pleine forme, excitée, prête. Je pensais : « Aujourd'hui est un grand jour. »

Une Jeep décapotée déboucha dans l'allée. Je me souviens d'avoir entendu les pneus chuinter sur le revêtement fumant. À travers les feuilles brillantes des callistemons rouges, une giclée de fines gouttelettes d'eau arrosa le métal rouillé. La Jeep s'arrêta et le conducteur, un Aborigène d'une trentaine d'années, me regarda, et me fit signe de la main : « Venez. » Il cherchait une Américaine blonde, j'attendais qu'on vienne me prendre pour me conduire à un meeting d'Aborigènes. Sous le regard bleu critique du portier australien, nous nous identifiâmes en silence.

Avant même d'avoir eu à me contorsionner, pour grimper avec mes hauts talons dans le véhicule tout-terrain j'avais compris que ma tenue était trop habillée. Le jeune chauffeur assis à ma droite portait un short et un T-shirt blanc crasseux. Il était nu-pieds dans ses tennis. Les organisateurs de la réunion devaient assurer mon transport et j'attendais une voiture type Holden par exemple, la fierté des constructeurs d'automobiles australiens. Jamais je n'aurais imaginé que ce serait un véhicule découvert. « Eh bien, me dis-je, chacun sait qu'il vaut toujours mieux être trop habillée que pas assez lorsqu'on se rend à une réception – surtout donnée en votre honneur. »

Je me présentai. L'homme hocha simplement la tête, comme s'il savait déjà parfaitement qui j'étais. Le portier fronça les sourcils quand nous passâmes devant lui. Nous fonçâmes dans les rues de la ville côtière, dépassant les maisons à vérandas, les milk-bars, les squares sans herbe au sol cimenté. Quand nous virâmes sur un rond-point d'où rayonnaient six routes, je dus me cramponner à la poignée de ma portière. Nous prîmes la direction opposée au soleil.

Déjà, mon nouvel ensemble couleur pêche et son chemisier assorti se révélaient inconfortables et trop chauds. Je supposais que le lieu de la conférence était à l'autre bout de la ville, mais je me trompais : nous prîmes la grand-route parallèle à la mer. Apparemment, le meeting se tiendrait hors de la ville, plus loin de l'hôtel que je ne l'avais imaginé. J'enlevai ma veste en me traitant de sotte pour ne pas avoir posé davantage de questions. Au moins, j'avais une brosse à cheveux dans mon sac et mes cheveux blonds décolorés, qui m'arrivaient à l'épaule, était relevés en une tresse très convenable.

Depuis le premier appel téléphonique, je m'étais posé beaucoup de questions, bien que l'appel ne m'eût pas vraiment surprise. J'avais reçu d'autres manifestations de considération et la réalisation de mon projet était un succès : le programme social auquel je participais commençait à être connu. Il consistait à travailler avec des Aborigènes sang-mêlé des banlieues urbaines ayant manifesté des conduites suicidaires, et à leur redonner un but et un espoir de réussite financière. J'avais constaté tout de même avec étonnement que la tribu qui avait lancé l'invitation vivait à deux mille cinq cents kilomètres sur la côte opposée du continent, mais mes connaissances concernant les nations aborigènes se réduisait à peu de chose, à des remarques superficielles entendues çà et là. Je ne savais même pas si elles formaient une race unique avec peu de variantes d'une tribu à l'autre ou si, comme chez les Amérindiens, elles présentaient de grandes différences et parlaient de nombreuses langues.

Je me demandais ce que j'allais recevoir en cadeau : une énième plaquette de bois gravé à rapporter à Kansas City comme souvenir ? Un bouquet de fleurs ? Non, pas des fleurs, pas par 38 °C à l'ombre : ce serait trop encombrant dans l'avion. Le chauffeur était arrivé comme convenu, à midi. Je devais donc m'attendre à un déjeuner. Qu'est-ce qu'un conseil indigène pourrait bien me servir ? J'espérais que ce ne serait pas une de ces réceptions compassées à l'australienne. Peut-être s'agirait-il tout simplement d'un buffet où je pourrais goûter pour la première fois à des mets aborigènes ? J'imaginais une table couverte de plats mitonnés aux belles couleurs.

Cela promettait d'être une extraordinaire et merveilleuse expérience, et je me faisais une joie de vivre cette journée mémorable. Dans mon sac, acheté spécialement, je transportais une caméra 35 mm et un petit magnétophone. On ne m'avait pas parlé de micros, de projecteurs ou de discours, mais j'étais prête. Un de mes grands principes, dans la vie, a toujours été de tout prévoir. Après tout, à cinquante ans, j'ai affronté assez de contretemps et de déboires pour être exercée à trouver des solutions de rechange. Mes amis le reconnaissent : « Marlo, elle a toujours un plan de secours dans sa manche. »

Brusquement un énorme camion à remorque émergea de la brume de chaleur juste en face de nous. Il roulait en plein milieu de la route et nous nous croisâmes de justesse. Peu après, le chauffeur donna un coup de volant brutal qui m'arracha encore à mes pensées et la Jeep s'engagea sur une piste poussiéreuse et cahotante sur laquelle, pendant des kilomètres, nous soulevâmes des nuages de poussière rouge. Puis les deux ornières que nous suivions disparurent et je me rendis compte que nous n'étions plus sur la piste mais que nous bondissions sur le sable en zigzaguant entre les buissons. Plusieurs fois, je tentai d'engager la conversation mais le bruit du moteur, les grincements du châssis et les secousses me découragèrent. Je serrais les mâchoires pour ne pas me mordre la langue. Et, manifestement, mon chauffeur ne s'intéressait pas à la communication verbale.

Ma tête ballottait comme celle d'une poupée de chiffon et j'avais de plus en plus chaud. J'avais l'impression que mon collant me fondait sur les pieds, mais je n'osais pas enlever mes chaussures de peur qu'elles soient éjectées et se perdent sur la plate étendue cuivrée qui nous entourait à perte de vue. Jamais le conducteur n'accepterait de s'arrêter pour les chercher, me disais-je. Chaque fois que mes lunettes de soleil se voilaient de poussière, je les essuyais avec l'ourlet de mon jupon et les mouvements de mes bras déclenchaient un ruisseau de transpiration. Je sentais mon maquillage se délayer et imaginais mon rose à joues dégoulinant en traî-

17

nées rouges le long de mon cou. Il me faudrait au moins vingt minutes pour réparer les dégâts avant les présentations. J'insisterais pour obtenir ce répit.

Un coup d'œil à ma montre m'apprit que deux heures avaient passé depuis que nous roulions dans le désert. Il faisait très chaud et il y avait longtemps que je ne m'étais pas sentie aussi mal à l'aise. Le chauffeur ne disait mot mais, de temps en temps, il se raclait la gorge. Soudain, je me rendis compte qu'il ne s'était pas présenté : et si je m'étais trompée de véhicule ? Mais non, c'était absurde. De toute façon, je ne pouvais pas descendre et lui paraissait sûr d'avoir chargé la bonne passagère.

Quatre heures plus tard, nous parvînmes à un baraquement de tôle rouillée. Un petit feu couvait dehors et deux femmes aborigènes d'âge moyen, petites, sommairement vêtues, se levèrent en nous voyant approcher. Elles affichaient des sourires de bienvenue. L'une d'elles portait un bandeau d'où ses épais cheveux frisés s'échappaient selon des angles bizarres. Elles paraissaient minces et athlétiques et leurs yeux bruns brillaient dans leurs visages ronds et pleins. Quand je descendis de la Jeep, mon chauffeur m'adressa la parole :

– À propos, je suis le seul ici qui parle anglais, je serai votre interprète, votre ami.

« Parfait, me dis-je, j'ai dépensé sept cents dollars en billets d'avion, en hôtel et en vêtements neufs pour cette présentation à des indigènes et ils ne parlent même pas anglais ! »

Mais bon, j'étais là, autant essayer de coopérer. Même si, tout au fond de moi, je sentais que je ne pourrais pas...

Les femmes parlaient en émettant des sons sourds, comme autant de mots qui ne paraissaient pourtant pas former des phrases. Mon interprète m'expliqua que pour obtenir la permission de participer au meeting, je devais d'abord me purifier. Qu'entendait-il par là ? Certes, j'étais couverte de poussière et j'avais chaud, mais ce n'était pas de cela qu'il paraissait parler. Il me tendit un morceau d'étoffe qui, déplié, avait l'aspect d'une toile d'emballage. Il fallait que j'ôte mes vêtements et que je l'enfile.

– Comment ! m'exclamai-je avec incrédulité, vous voulez rire ?

Mais il répéta sèchement ses instructions. Je cherchai des yeux un endroit pour me changer. Il n'y en avait pas. Que faire ? Je venais de trop loin et j'en avais déjà trop supporté pour me dérober. Le jeune homme s'éloigna. « Allons, ce sera toujours plus frais que ces vêtements », me dis-je. J'enlevai discrètement mon ensemble poussiéreux que je pliai avec soin, passai la tenue indigène et posai mes affaires sur le bloc de pierre que les femmes avaient utilisé comme tabouret. Je me sentis toute bête, vêtue de ce chiffon incolore, et regrettai d'avoir acheté des nouveaux vêtements pour faire bonne impression. Le jeune homme revint. Lui aussi s'était changé. Il se tenait devant moi quasiment nu, avec juste un morceau de tissu drapé comme un slip de bain, pieds nus comme les femmes près du feu. Il m'ordonna d'enlever aussi mes chaussures, mon collant, mes sous-vêtements et tous mes bijoux, même mes pinces à cheveux. L'appréhension commençait à étouffer en moi toute curiosité mais je fis ce qu'on m'ordonnait.

Je me souviens d'avoir glissé mes bijoux dans une de mes chaussures. Je fis aussi quelque chose que les femmes font tout naturellement, me semble-t-il : je rangeai mes dessous au milieu du tas de vêtements.

Des branches fraîches furent posées sur les braises et un épais voile de fumée grise s'éleva. La femme au bandeau saisit un objet qui ressemblait à l'aile d'un grand faucon noir et la déploya en éventail, puis elle me frappa avec, par-devant, du visage jusqu'aux pieds. Je suffoquais dans les tourbillons de fumée. Puis la femme, d'un geste de l'index, me fit signe de me tourner et le rituel fut répété dans mon dos.

J'étais purifiée, me dit-on alors. Et il me fut permis d'entrer dans l'abri métallique, escortée par mon interprète. En me retournant je vis la femme au bandeau prendre mon tas de vêtements et le tenir au-dessus du feu. Elle me regarda, sourit et, au moment où nos yeux se rencontrèrent, elle lâcha toutes mes possessions dans les flammes.

Mon cœur se glaça. Je pris une profonde inspiration. Pourquoi n'ai-je pas crié, protesté et ne me suis-je pas précipitée pour sauver mon bien ? Je ne sais pas, mais je ne l'ai pas fait. Peut-être parce que j'avais lu sur le visage de la

20

femme que son acte n'était pas malveillant, qu'elle le considérait comme un signe d'hospitalité à l'égard d'un étranger. « C'est une ignorante, me dis-je, elle ne sait pas ce que signifient des cartes de crédit, des papiers d'identité. » Je fus contente d'avoir laissé à l'hôtel mon billet de retour. J'y avais aussi laissé d'autres vêtements et je saurais bien me débrouiller, au retour, pour traverser discrètement le hall de l'hôtel dans cette tenue. Je me souviens de m'être dit : « Eh bien, Marlo, tu es quelqu'un qui sait s'adapter. Ça ne vaut pas le coup de te flanquer un ulcère. » Mais je résolus de fouiller les cendres plus tard pour récupérer au moins une bague : elles auraient eu le temps de refroidir avant que nous repartions en Jeep pour la ville.

Mais les choses ne se passèrent pas comme prévu.

Rétrospectivement, j'ai compris la signification symbolique de mon déshabillage et de mon dépouillement de ce que je considérais comme des bijoux nécessaires. Mais, pour comprendre, il m'a fallu apprendre que le temps, pour ces gens-là, n'a rien à voir avec celui que mesurent les montres en or et diamants, et auquel obéit la terre entière.

Beaucoup plus tard, je compris que le renoncement aux objets et à certaines croyances était inscrit comme une étape nécessaire dans mon cheminement vers l'Être.

2

LE VOTE

Nous pénétrâmes dans l'abri par son côté ouvert. Il n'y avait ni vraie porte ni fenêtre. L'abri avait été simplement construit pour donner de l'ombre, peut-être comme refuge pour les moutons. Il ne paraissait pas devoir servir à des besoins humains : il ne comportait pas de sièges, de plancher, de ventilateur et n'avait pas l'électricité. C'était un hangar en plaques de tôle ondulée maintenues par du vieux bois pourri. À l'intérieur, la chaleur était encore accrue par un autre feu dans un cercle de pierres.

Après la lumière éblouissante que j'avais dû supporter depuis des heures, mes yeux s'accommodèrent vite à l'ombre et à l'atmosphère enfumée. Je découvris un groupe d'Aborigènes adultes debout ou assis sur le sable. Les hommes portaient des bandeaux ornés, colorés et des plumes attachées en haut des bras et aux chevilles. Ils étaient vêtus du même genre de tissu drapé que mon chauffeur. Tous, sauf lui, avaient des peintures sur le visage, les bras et les jambes : des points, des rayures, des dessins compliqués, tracés en blanc. Leurs bras s'ornaient de lézards, leurs jambes et leur dos de serpents, de kangourous et d'oiseaux.

Les femmes étaient moins décorées. Elles étaient à peu près de ma taille, 1,68 mètre. La plupart étaient âgées, mais leur peau couleur de chocolat au lait paraissait douce et pleine de vitalité. Leurs cheveux étaient frisés, le plus souvent coupés très court. Celles qui les avaient, semblait-il, plus longs portaient autour de la tête un bandeau étroit et entrecroisé qui les maintenait solidement. Une très vieille dame, qui se tenait près de l'entrée, avait le cou et les chevilles ornés de guirlandes de fleurs peintes. L'artiste n'avait rien oublié : ni les détails des feuilles ni les étamines au centre des corolles. Les femmes portaient un vêtement soit composé de deux morceaux de tissu, soit d'une seule pièce comme celui qu'on m'avait donné. Je ne vis pas un seul bébé ou enfant en bas âge et n'aperçus qu'un adolescent.

Mon regard fut attiré par un homme aux cheveux noirs striés de gris, le plus paré de l'assemblée. Sa courte barbe soignée accentuait l'énergie et la dignité de son visage et sa tête était surmontée d'une coiffure étonnante en plumes de perroquet de couleurs vives. Lui aussi avait des bracelets de plumes autour des bras et des chevilles. Divers objets étaient suspendus autour de sa taille et un magnifique pectoral circulaire composé de pierres et de graines ornait sa poitrine. Quelques femmes portaient en pendentif des versions plus petites de ce bijou.

Il me tendit les deux mains en souriant et, comme mon regard plongeait dans ses yeux noirs et veloutés, je me sentis totalement en paix et en sécurité. Jamais je n'ai vu de visage plus doux.

Pourtant, j'étais tiraillée entre des émotions contradictoires. Les visages peints, les hommes debout au fond étreignant des lances aiguisées comme des rasoirs me faisaient de plus en plus peur et, en même temps, la bienveillance qu'affichaient tous les visages et l'atmosphère générale créaient une impression d'amitié et de bien-être. Je ne savais que penser. Quelle idiote j'étais ! Cela n'avait rien à voir avec ce que j'avais imaginé. Si seulement ma caméra n'avait pas disparu dans les flammes, dehors, quelles photos j'aurais pu coller dans mon album, quelles diapos j'aurais pu projeter plus tard devant un auditoire captivé d'amis et de parents ! Je repensai au feu. Qu'avait-il détruit ? Je frissonnai : mon permis de conduire international, mon argent australien, le billet de cent dollars que je transportais depuis des années dans un compartiment secret de mon portefeuille et qui datait de ma jeunesse et de mon premier emploi à la compagnie du téléphone, un bâton de rouge à lèvres introuvable en Australie, ma montre ornée de diamants et la bague que tante Nola m'avait offerte pour mes dix-huit ans... Tous ces trésors partis en fumée.

L'interprète me détourna de mon anxiété : il voulait me présenter à la tribu. Son nom à lui était Ooota, qu'il prononçait avec un «Ooooo» très long, suivi d'un « ta » sec. L'homme au regard fraternel était l'Ancien de la tribu. Ce n'était pas le plus vieil homme du groupe, mais il assumait le rôle de chef, selon nos critères.

Une femme frappa deux baguettes l'une contre l'autre et fut bientôt imitée par une autre, et encore une autre. Les porteurs de lances heurtèrent le sol de l'extrémité des hampes. D'autres tapèrent dans leurs mains. Le groupe commença à chanter et, du geste, on m'invita à m'asseoir sur le sable. Le *corroboree*, la fête, commençait. Les chants succédèrent aux chants. Jusque-là, je n'avais pas remarqué que certains membres de la tribu portaient des bracelets de cheville composés de grosses gousses mais, maintenant, les graines sèches enfermées dans les gousses produisaient un bruit de grelots rythmé. Une femme dansa, puis un groupe. Parfois les hommes dansaient seuls, parfois les femmes se joignaient à eux. Ils me semblaient partager leur histoire avec moi.

À la fin, le tempo de la musique ralentit et les mouvements s'apaisèrent, puis cessèrent. Seule persista une pulsation régulière qui semblait synchrone avec les battements de mon cœur. Tous étaient calmes et silencieux. Ils regardaient leur chef qui se leva, s'approcha et se plaça debout devant moi en souriant. Un indescriptible sentiment de communion s'établit entre nous. J'avais l'impression que nous étions de vieux amis. Évidemment, il n'en était rien. Pourtant, sa présence me mettait à l'aise et je me sentis acceptée.

L'Ancien décrocha un long tube en cuir d'ornithorynque attaché à sa taille par des lanières et le secoua vers le ciel, puis il déboucha l'extrémité et renversa le contenu par terre. Des pierres, des os, des dents, des plumes et des disques de cuir s'éparpillèrent autour de moi. Plusieurs membres de la tribu aidèrent à marquer les endroits où les objets étaient tombés. Ils se servaient adroitement de leurs orteils comme de doigts, pour faire des marques dans le sol de terre de l'abri. Puis, ils replacèrent les objets dans le tube. L'Ancien dit quelques mots et me tendit le tube. Je pensai à Las Vegas, secouai le tube et renversai le contenu, qui se dispersa. Deux hommes se mirent à quatre pattes et utilisèrent leurs pieds pour mesurer où mon lancer avait placé les objets par rapport au lancer de l'Ancien. Quelques personnes échangèrent des commentaires mais Ooota ne proposa pas de me les traduire.

Cet après-midi-là, je fus soumise à plusieurs épreuves. Pour l'une d'elles, très impressionnante, on utilisa un fruit en forme de poire, avec une peau épaisse comme une peau de banane. On me donna ce fruit vert clair et l'on me dit de le tenir et de le bénir. Qu'est-ce que ça voulait dire ? Comme je n'en avais aucune idée, je prononçai mentalement : « S'il vous plaît, mon Dieu, bénissez cette nourriture », avant de rendre le fruit à l'Ancien. Il prit un couteau, coupa le haut et commença à éplucher le fruit, mais au lieu de retomber avec mollesse comme une peau de banane, la languette de peau s'enroula. Tous les visages se tournèrent alors vers moi et je me sentis mal à l'aise sous le regard de tous ces yeux noirs. Comme s'ils s'étaient donné le mot, ils firent : « Ah ! » à l'unisson. Et ils recommencèrent chaque fois que l'Ancien détachait une languette de peau. J'ignore si ces « Ah ! » signifiaient quelque chose de bon ou de mauvais pour moi, mais je crus comprendre que, d'ordinaire, la peau ne s'enroulait pas et que, quel que soit le résultat, j'étais en train de subir une épreuve importante.

Une jeune femme s'approcha de moi, un plat rempli de petites pierres dans les mains. C'était en fait sûrement un morceau de carton et non un plat, mais le tas était si haut que je ne pouvais voir le récipient. Ooota me regarda avec sérieux et me dit :

– Choisis une pierre. Choisis-la avec discernement. Elle a le pouvoir de te sauver la vie.

J'eus immédiatement la chair de poule, bien que mes bras fussent chauds et humides de sueur. Mes entrailles se contractèrent. Les muscles noués de mon estomac me disaient : « Qu'est-ce que ça signifie encore ? Le pouvoir de me sauver la vie ! »

J'examinai les pierres, qui me semblèrent toutes pareilles, d'un gris rougeâtre et de la taille d'une petite pièce de monnaie. J'aurais bien voulu voir une différence quelconque, mais non, pas de chance. Aussi, je trichai et, après avoir fait semblant de les examiner avec le plus grand sérieux, j'en choisis une au sommet du tas et la brandis triomphalement. Les visages qui m'entouraient s'illuminèrent et, intérieurement, je jubilai : « J'ai choisi la bonne ! »

Mais qu'en faire ensuite ? Je ne pouvais pas la jeter sans heurter leurs sentiments. Cette pierre, après tout, si elle ne signifiait rien pour moi, paraissait compter pour eux. Comme je n'avais pas de poche, je la glissai à l'intérieur de mon vêtement, dans le sillon entre mes seins, le seul endroit qui me vint à l'esprit. J'oubliai vite l'objet niché dans cet abri naturel.

Après cela, mes compagnons éparpillèrent le feu, rangèrent leurs ustensiles, rassemblèrent leurs possessions et s'éloignèrent vers le désert. Leurs torses bruns, presque nus, brillaient au soleil tandis qu'ils se mettaient en ordre de marche. La séance était donc finie : pas de déjeuner, pas de récompense ! Ooota fut le dernier à partir. Il fit quelques mètres, se retourna et me dit :

– Viens, on s'en va.

– Où allons-nous ?

– Faire une marche.

– Où, une marche ?

– À travers l'Australie.

– Magnifique ! Et ça prendra combien de temps ?

– Environ trois lunes.

– Vous voulez dire trois mois ?

– Oui, environ trois mois.

28

Je soupirai, puis je dis à Ooota qui restait à distance :

– Écoutez, tout ça est bien joli, mais je ne peux pas venir, la date ne me convient pas du tout. J'ai des responsabilités, moi, des obligations, un loyer à payer, des échéances. Je n'ai rien prévu. J'ai besoin de temps pour prendre mes dispositions avant de partir en randonnée ou en camping. Vous ne comprenez peut-être pas, mais je ne suis pas australienne, je suis américaine. On ne peut pas aller à l'étranger et disparaître comme ça. Vos services d'immigration vont s'affoler, mon gouvernement va envoyer des hélicoptères à ma recherche. Je pourrai me joindre à vous une autre fois, peut-être, mais pas aujourd'hui. Je ne peux vraiment pas. Non, le moment est mal choisi.

Ooota sourit :

– Tout va bien. Celui qui a besoin de savoir saura. Mon peuple a entendu ton appel au secours. Si un seul membre de cette tribu avait voté contre, nous n'aurions pas entrepris cette marche. Tu as été mise à l'épreuve et tu as été acceptée. C'est un honneur extrême que je ne puis expliquer. Tu dois faire l'expérience. C'est la chose la plus importante que tu feras dans ta vie ici-bas. C'est pour cela que tu es venue au monde. L'Unité divine est à l'œuvre. C'est ton message, je ne puis t'en dire davantage. Viens, suis-moi.

Il tourna les talons et s'éloigna.

Je restai sur place, médusée, les yeux fixés sur le désert. Il était immense, désolé, mais très beau et palpitant à l'infini. La Jeep était là, avec sa clé de contact sur le tableau de bord. Mais par où étions-nous venus ? Pendant des heures, nous avions roulé hors de toute piste, fait des tours et des détours. Je n'avais ni chaussures, ni eau, ni nourriture. En cette période de l'année, la température oscille entre 38 °C et 54 °C.

J'étais très heureuse d'avoir été acceptée à l'unanimité, mais, et mon vote à moi ? Il me semblait que la décision m'échappait.

Je ne voulais pas les accompagner. Ils me demandaient de remettre ma vie entre leurs mains. Or, ces gens-là, je venais de les rencontrer, je ne pouvais même pas leur parler. Et si je perdais mon emploi ? Toute cette histoire ne tenait pas debout. Non, pas question, je n'irais pas avec eux !

« Je parierais qu'ils ont concocté un scénario en deux parties, pensai-je. D'abord on joue à des petits jeux, ici, dans une baraque, puis on va dans le désert faire joujou un peu plus longtemps. Ils n'iront pas bien loin, ils n'ont rien à manger. La pire chose qui pourrait m'arriver serait d'avoir à passer la nuit dehors. Mais non, s'ils m'ont regardée, ils ont bien vu que je n'ai rien d'une campeuse, que je suis une fille des villes, du genre bain mousse et chauffage central. » Je continuai à réfléchir : « Oh, et puis, après tout, je le peux s'il le faut ! Je leur dirai simplement de me ramener avant l'heure à laquelle je dois quitter l'hôtel demain. Je n'ai pas envie de payer un jour supplémentaire pour faire plaisir à ces plroucs. »

Je regardai le groupe qui s'éloignait, les silhouettes de plus en plus petites à l'horizon. Je n'avais plus le temps de mettre en œuvre ma méthode Libra qui pèse les avantages et les inconvénients. Plus je restais là à réfléchir, plus ils disparaissaient dans le lointain. Les mots exacts que je prononçai alors en moi-même se sont gravés dans ma mémoire à tout jamais : « Eh bien, soit, mon Dieu, je m'incline. Je sais que vous avez un sens de l'humour bien particulier, mais là, je n'y comprends rien ! »

Et c'est ainsi que, partagée entre la peur, l'émerveillement et l'incrédulité, je commençai à suivre cette tribu d'Aborigènes qui se nomme elle-même le Vrai Peuple. Je n'étais ni ligotée ni bâillonnée, mais je me sentais comme captive. Il me semblait être la victime d'une marche forcée dans l'inconnu.

3

DES CHAUSSURES NATURELLES

À peine avais-je fait quelques pas que je res-
sentis une vive douleur aux pieds et vis que des
épines s'y étaient plantées. Je les arrachai, mais
à chaque pas j'en récoltais de nouvelles.
J'essayai de continuer à avancer en sautant sur
un pied tout en arrachant les épines plantées
dans l'autre. Je devais paraître comique, car les
membres de la tribu se retournèrent pour me
regarder, avec des sourires épanouis. Ooota
s'arrêta pour m'attendre et me dit, avec une
expression de sympathie sur le visage :

– Apprends à supporter le mal. Fixe ton attention ailleurs. Nous nous occuperons de tes
pieds plus tard. Maintenant, on ne peut rien
faire.

Les mots « Fixe ton attention ailleurs » me
frappèrent comme les plus significatifs. J'avais
travaillé, durant les quinze dernières années,
avec plusieurs centaines de personnes en proie
à la douleur, comme médecin acupuncteur car

souvent, quand il se trouve en phase terminale, un malade peut choisir entre des médicaments qui le rendront inconscient, ou l'acupuncture. Dans ma préparation, j'utilisais les mêmes mots. J'attendais de mes patients qu'ils réagissent d'une certaine manière, et voilà que maintenant quelqu'un exigeait la même chose de moi. C'est plus facile à dire qu'à faire, mais j'y parvins.

Après quelque temps, nous prîmes un moment de repos et je découvris que la plupart des épines s'étaient cassées dans la chair. Mes blessures saignaient et les extrémités des piquants restaient fichées sous la peau. Nous marchions sur du spinifex, ou herbe porc-épic, qui n'a besoin que de très peu d'eau et s'accroche au sable en développant des feuilles coupantes comme des lames de couteau de cuisine. Le mot herbe est trompeur. Ce machin-là ne ressemble pas à de l'herbe. Non seulement ses feuilles coupent, mais ses piquants sont comme des aiguillons de cactus et, en pénétrant dans la chair, ils produisent une enflure et une irritation douloureuses. Heureusement, j'aime bien vivre dehors et je marche souvent pieds nus. Mais mes plantes de pied étaient loin d'être préparées à un tel traitement. La douleur persistait malgré tous mes efforts pour penser à autre chose, et du sang de toutes les nuances de rouge, du vermeil au brun foncé, perlait sur ma peau. Quand je baissais les yeux, je ne distinguais plus le vernis à ongles écaillé de mes orteils du sang qui les recouvrait. Mes pieds finirent par s'engourdir.

Nous marchions en silence, personne ne parlait. Cela faisait un effet étrange. Le sable était chaud, mais pas brûlant. Le soleil était chaud, mais pas insoutenable. De temps à autre, la nature semblait se prendre de compassion pour moi et m'envoyait un souffle d'air plus frais. Quand je regardais devant moi, au-delà du groupe, je ne voyais pas de ligne de démarcation entre la terre et le ciel, et le spectacle était le même dans toutes les directions, le ciel et le sable se fondant l'un dans l'autre, comme sur une aquarelle. Mon esprit scientifique aurait voulu maîtriser tout ce vide avec une boussole. À plus de mille mètres au-dessus de nos têtes, une formation nuageuse avait l'air d'un arbre solitaire, droit comme un I, sur l'horizon. Je n'entendais que le crissement de nos pas sur le sable, comme une bande de Velcro qu'on collerait et décollerait sans cesse.

De temps en temps, une créature du désert bougeait dans des broussailles proches, rompant la monotonie. Un grand faucon brun surgit de nulle part et décrivit de grands cercles juste au-dessus de ma tête. J'eus le sentiment qu'il vérifiait mes progrès, car il ne s'intéressait à aucun autre marcheur. Mais il est vrai que j'avais l'air si différente des autres membres du groupe que je comprends qu'il ait eu besoin de m'examiner de plus près.

Sans prévenir, la colonne des marcheurs cessa d'avancer droit devant elle et obliqua.

Cela me surprit car aucune voix ne s'était élevée pour indiquer ce changement. Tout le monde semblait avoir simplement senti la nécessité de tourner, sauf moi. Je pensai d'abord que, peut-être, ils suivaient une piste, mais il est évident qu'on ne suit pas une piste sur le sable et les spinifex. Nous errions bel et bien dans le désert.

Dans ma tête, les pensées tourbillonnaient sans interruption, favorisées par l'immensité du silence : « Que se passe-t-il exactement ? Peut-être est-ce un rêve. Ils ont dit : marcher à travers l'Australie. Impossible. Marcher pendant plusieurs mois ! C'est insensé. Ils ont entendu mes appels à l'aide. Qu'est-ce que cela veut dire ? Et c'est ce qui justifierait ma venue au monde ? Quelle blague ! Le but de ma vie n'est pas de souffrir pour explorer le désert intérieur australien ! » Je m'inquiétais aussi du souci que mes enfants – surtout ma fille – se feraient au sujet de ma disparition. Nous étions très proches. Je pensais à ma logeuse, une dame très digne d'un certain âge. Si je ne payais pas mon loyer, elle m'aiderait à régulariser les choses vis-à-vis des propriétaires. La semaine précédente, j'avais loué une télévision et un magnétoscope. Eh bien, la reprise des appareils serait une expérience intéressante !

Je ne pouvais pas croire que nous resterions partis plus d'un jour au maximum. D'ailleurs, nous n'avions rien à manger ou à boire.

Je ris sous cape. Quelle bonne blague ! Combien de fois avais-je dit que je souhaitais gagner un voyage exotique tous frais payés ! Eh bien j'y étais. Et tout était fourni sur place. Je n'avais même pas eu à emballer une brosse à dents ou des vêtements de rechange.

La journée s'écoula et le dessous et les côtés de mes pieds se couvrirent de coupures. Avec toutes leurs plaies, le sang séché, la peau tuméfiée, ils offraient un bien vilain spectacle. Mes jambes étaient raides, mes épaules brûlaient, mon visage et mes bras étaient rouges et à vif.

Ce jour-là, nous marchâmes environ trois heures et les limites de mon endurance furent repoussées maintes fois. À certains moments, je me disais que j'allais m'évanouir si je ne m'asseyais pas, puis quelque chose distrayait mon attention : le faucon surgissait, poussait ses étranges cris perçants au-dessus de ma tête, ou quelqu'un venait marcher à côté de moi et m'offrir une gorgée d'eau contenue dans une sorte de gourde faite d'un matériau qui n'avait pas l'air d'une poterie et qui se portait suspendue par une corde au cou ou à la taille. Comme par miracle, cette distraction me donnait des ailes, me donnait de la force, un second souffle. Et puis vint le moment de nous arrêter pour la nuit.

Immédiatement, tout le monde s'affaira. Un feu fut allumé, sans allumettes, grâce à une méthode que je me souvins avoir vue décrite dans le *Manuel de l'Éclaireuse*. Je n'avais jamais essayé de faire tournoyer une baguette de bois dans une branche entaillée pour allumer un feu. Même nos cheftaines n'y parvenaient pas, elles réussissaient à peine à faire chauffer assez la baguette pour faire surgir une petite étincelle qui s'éteignait lorsqu'elles soufflaient dessus. Mais ces gens-là étaient des experts. Les uns ramassaient du bois, d'autres récoltaient des plantes. Tout l'après-midi, des hommes avaient porté à deux un gros sac fait d'une pièce de tissu décoloré enroulée autour de deux lances, qui semblait contenir d'énormes billes. Ils posèrent ce sac et en tirèrent divers objets.

Une très vieille femme s'approcha de moi. Elle semblait de l'âge de ma grand-mère, quatre-vingt-dix ans environ. Ses cheveux étaient d'un blanc neigeux et des rides douces sillonnaient son visage. Son corps paraissait svelte, vigoureux, souple, mais ses pieds étaient si secs et si durs qu'on aurait dit les sabots d'un animal. C'était la femme que j'avais remarquée plus tôt, avec son beau collier peint et ses ornements de chevilles. Elle détacha de sa ceinture un petit sac en peau de serpent et versa dans sa paume quelque chose qui ressemblait à de la vaseline. J'appris que c'était un mélange d'huiles de plantes. Elle désigna mes pieds et j'acquiesçai d'un signe de tête. Elle s'assit devant moi, prit mes pieds sur ses genoux, les massa pour faire pénétrer l'onguent dans les plaies et se mit à chanter. C'était une mélopée apaisante, presque comme une berceuse qu'une mère chantonne à son bébé. Je demandai à Ooota ce que signifiaient les paroles.

– Elle présente ses excuses à tes pieds. Elle leur dit à quel point tu les apprécies. Elle leur dit à quel point tous les membres du groupe apprécient tes pieds et leur demandent de guérir et d'être forts. Elle émet des sons spéciaux qui guérissent les blessures et les coupures. Elle émet aussi des sons qui drainent les liquides des enflures. Elle demande que tes pieds deviennent très durs et très vigoureux.

Non, mon imagination ne me jouait pas un tour. Les sensations de brûlure et de piqûre s'apaisaient peu à peu et j'éprouvais un réel soulagement.

Assise là, les pieds dans le giron de cette aïeule, je commençai à douter de la réalité de mon expérience. Comment en étais-je arrivée là ? Où cela avait-il commencé ?

4

À VOS MARQUES, PRÊTS, PARTEZ

Tout avait commencé à Kansas City et le souvenir de ce matin-là est à jamais gravé dans mon esprit. Après plusieurs jours maussades, le soleil avait décidé de nous honorer de sa présence et j'étais allée à mon cabinet de bonne heure pour réfléchir aux traitements de certains patients. La secrétaire n'arriverait que dans deux heures et j'aimais ces moments de silencieuse préparation au travail.

Au moment où je tournai la clé dans la serrure, le téléphone sonna. Qui pouvait m'appeler si tôt ? Une urgence ? Je me précipitai dans mon bureau et décrochai l'appareil d'une main en allumant la lumière de l'autre.

Une voix masculine surexcitée me salua. C'était un confrère australien que j'avais rencontré à une conférence médicale en Californie. Il m'appelait d'Australie.

– Bonjour, Marlo. Aimeriez-vous passer quelques années en Australie ?

De surprise, je faillis lâcher le combiné.

– Vous êtes toujours là ? demanda mon interlocuteur.

– Ou-oui, bégayai-je, de quoi s'agit-il ?

– Votre programme d'éducation en médecine préventive m'a tellement impressionné que j'ai parlé de vous à des confrères. Ils m'ont demandé de vous téléphoner. Nous voudrions que vous essayiez d'obtenir un visa de cinq ans pour venir ici. Vous écririez des programmes d'entraînement et enseigneriez dans le cadre de notre système social de santé. Ce serait magnifique si nous pouvions mettre cela en œuvre et, de toute façon, cela vous donnerait l'occasion de vivre à l'étranger pendant quelques années.

Abandonner ma maison du lac, une profession lucrative et des clients qui, au fil des ans, étaient devenus des amis, c'était abandonner mes habitudes de confort. Je m'intéressais, certes, à la médecine sociale, où toutes les disciplines coopèrent sans cette énorme faille entre médecine orthodoxe et médecines naturelles. Mais allais-je vraiment découvrir des confrères sincèrement voués à la santé et à la guérison, décidés à utiliser n'importe quelle technique efficace, ou me trouverais-je tout simplement impliquée dans une manipulation négative, comme en produit la politique des soins aux États-Unis ?

Ce qui m'attirait cependant, c'était l'Australie elle-même. Aussi loin que remontent mes souvenirs, j'ai toujours eu envie de lire tout ce que je pouvais dénicher concernant ce continent du bout du monde. Malheureusement, les livres le concernant sont peu nombreux. Dans les zoos, j'observais longuement les kangourous et cherchais à apercevoir un koala. Au tréfonds de moi-même, j'avais toujours rêvé de répondre à un tel appel.

Je suis une femme évoluée, indépendante, responsable et, du plus loin qu'il me souvienne, mon âme, mon cœur ont toujours voulu visiter cette terre des antipodes.

– Réfléchissez, me dit la voix australienne, je vous rappelle dans une quinzaine.

L'occasion semblait propice. Deux semaines auparavant, ma fille et son fiancé avaient fixé la date de leur mariage. Cela voulait dire que, pour la première fois de ma vie d'adulte, j'étais libre d'aller m'installer n'importe où sur la terre et de faire absolument ce que je désirais. Mon fils et ma fille m'approuvèrent, comme d'habitude. Depuis mon divorce, ils étaient devenus pour moi des amis intimes plus que des enfants.

Six semaines plus tard, le mariage célébré et ma clientèle en bonnes mains, ma fille et une amie m'accompagnèrent à l'aéroport. J'éprouvais un étrange sentiment. Pour la première fois depuis des années, je n'avais plus ni voiture, ni maison, ni clés – même mes valises avaient des serrures à combinaison chiffrée. Je m'étais débarrassée de toutes mes possessions terrestres, sauf quelques objets que j'avais mis au garde-meuble. Les trésors de famille étaient chez ma sœur Patci. Mon amie Jana me tendit un livre et nous nous étreignîmes. Carri prit une dernière photo et je gravis la rampe qui me conduisait vers mon expérience du bout du monde. Je n'eus pas le moindre pressentiment de l'importance des leçons à venir. Ma mère me disait souvent : « Fais bien attention à ce que tu désires, car ce que nous demandons est souvent accordé. » Mais savais-je seulement ce que je désirais ?

Du Midwest en Australie, le voyage en avion est très long. Heureusement pour les passagers, même les gros avions à réaction ont besoin de faire le plein de carburant et nous pûmes respirer un peu d'air frais à Hawaii et aux Fidji. Le voyage me parut néanmoins interminable.

L'Australie a dix-sept heures d'avance sur les États-Unis et, en allant là-bas, nous fonçons littéralement vers le futur. Pendant le voyage, je me disais qu'une chose était sûre : demain, le monde serait encore intact puisque, sur le grand continent qui m'attendait, c'était déjà demain. Les navigateurs d'autrefois célébraient le passage de la ligne théorique qui marque le commencement du temps ; même aujourd'hui, cette idée excite encore l'esprit.

Quand nous atteignîmes le sol australien, l'appareil et ses passagers furent aspergés de désinfectant, de façon à éliminer toute éventualité de contamination. Mon agent de voyage ne m'avait pas prévenue et, après l'atterrissage, on nous dit de rester assis tandis que deux employés de l'aéroport parcouraient l'allée centrale, du cockpit à la queue de l'avion, en pulvérisant des aérosols au-dessus de nos têtes. Je comprends les raisons des Australiens, mais il est démoralisant de se voir assimilé à un insecte nuisible. Charmant accueil.

À l'extérieur de l'aéroport, tout paraissait comme chez moi. En réalité, j'aurais pu me croire aux États-Unis, sauf que les voitures roulent à gauche et que le chauffeur du taxi était assis à droite derrière son volant. Il me proposa un bureau de change où je reçus des dollars bien trop grands pour entrer dans mon porte-billets américain, mais beaucoup plus colorés et décoratifs que nos billets verts, et où je découvris de merveilleuses pièces de deux et de vingt cents.

Les jours suivants, je m'habituai sans difficultés. Toutes les grandes villes d'Australie sont sur la côte et tout le monde fréquente la plage et s'intéresse aux sports nautiques. Le pays a presque la même superficie que les États-Unis et, en gros, la même forme, mais l'intérieur est occupé par un immense désert. Je connais bien notre Painted Desert et notre Death Valley, mais les Australiens ont parfois du mal à s'imaginer le centre des États-Unis avec ses champs de blé et ses grands maïs jaunes. Car leur désert intérieur est si incompatible avec la vie humaine que le Royal Flying Doctor Service demeure constamment en alerte. Des pilotes sont envoyés en mission de secours, chargés d'essence ou de pièces détachées pour les automobilistes en panne. Les gens sont transportés par avion vers les centres médicaux. Il n'y a aucun hôpital à des centaines de kilomètres à la ronde. Même le système scolaire comporte un enseignement par radio pour les enfants des régions reculées.

Je trouvai les villes modernes, avec leurs hôtels Hilton, Holiday Inn et Ramada, leurs centres commerciaux, leurs boutiques de mode et leur trafic intense. La nourriture était différente et, si les Australiens en sont encore au stade des balbutiements pour ce qui est d'imiter la cuisine américaine, je découvris en revanche de merveilleux hachis de viande et de pommes de terre, exactement comme en Angleterre. Pour ce qui concerne la boisson, on ne propose pas souvent d'eau à table et jamais avec de la glace.

J'adore certaines expressions qu'utilisent les Australiens, et qui sont soit typiquement australiennes, soit anglaises. Une jeune fille est une *sheila*, un bébé kangourou un *joey*, ils appellent les trottoirs « sentiers », « brousse » les zones rurales et *billibong* les trous d'eau. Dans les boutiques, c'est bizarre, mais on vous dit merci avant s'il vous plaît : « Ça fera un dollar, merci », vous annonce la vendeuse.

La bière est un trésor national. Personnellement, je ne suis pas amateur et je n'ai donc pas goûté aux nombreuses variétés dont les Australiens sont si fiers. Chaque État a sa brasserie et les consommateurs sont fidèles à leur marque, Foster's Lager ou Four X, par exemple.

Là-bas, on appelle souvent les Américains des Yanks, les Néo-Zélandais des Kiwis et les

Anglais des Bloody Poms. Un spécialiste m'a expliqué que le terme pom se référait au plumet rouge des militaires européens, mais quelqu'un d'autre m'a confié qu'il provenait plutôt des initiales POM inscrites sur les uniformes des bagnards arrivés au XIXe siècle et signifiant *Prisoner of His Majesty* (Prisonnier de Sa Majesté).

Ce que je préfère par-dessus tout chez les Australiens, c'est leur accent chantant. Évidemment, d'après eux, l'accent, c'était moi qui l'avais. Les Australiens sont chaleureux, ils savent accueillir les étrangers et les mettre tout à fait à l'aise.

Les premiers jours, j'essayai plusieurs hôtels. Chaque fois que je m'inscrivais à la réception, on me tendait un petit pot de métal rempli de lait. Tous les clients en reçoivent un. Dans les chambres, il y a une bouilloire électrique, des sachets de thé et de sucre. De toute évidence, les Australiens adorent le thé au lait sucré. Il ne me fallut pas longtemps pour découvrir qu'une tasse de café (goût américain) est une denrée impossible à obtenir.

La première fois que je pris une chambre dans un motel, le vieux patron me demanda si je voulais commander mon petit déjeuner et me montra un menu rédigé à la main. Je commandai. Il me dit qu'il me serait servi dans la chambre. Le lendemain, je prenais mon bain quand j'entendis des pas approcher de ma porte mais personne n'entra. Je m'attendais à ce qu'on frappe mais rien ne vint. Je crus entendre une porte claquer. Pendant que je m'essuyais, une délicieuse odeur de nourriture me parvint, mais il n'y en avait pas dans la pièce. Cela doit venir de la chambre à côté, pensai-je.

Je mis environ une heure à me préparer et à refaire ma valise. Comme je chargeais mes bagages dans ma voiture de location, un jeune homme apparut sur le trottoir :

– Ban-an-jour, le petit déjeuner était bon ?

Je souris :

– Il doit y avoir une erreur, on ne m'a rien servi.

– Mais si, mais si, je vous ai servi moi-même.

Il se dirigea vers une poignée fichée dans le mur extérieur de la chambre et souleva une trappe, révélant, dans un petit compartiment, une belle assiettée d'œufs brouillés, refroidis et caoutchouteux. Entrant ensuite dans la chambre, il ouvrit un placard pour me montrer, sous un autre angle, le même triste spectacle. Nous éclatâmes de rire.

J'avais senti, mais je n'avais pas trouvé. C'était la première des nombreuses surprises que me réservait l'Australie.

Les Australiens m'aidèrent à trouver une maison à louer, dans une agréable banlieue. Toutes celles du voisinage avaient été bâties à la même époque et sur le même modèle, de plain-pied, peintes en blanc, avec des porches sur le devant et sur le côté. À l'origine, aucune porte n'avait de verrou. Salle de bains et W.-C. étaient séparés. Il n'y avait pas de placards encastrés mais de belles armoires anciennes. Aucun de mes appareils électriques américains ne fonctionnait : le courant électrique est différent ainsi que les prises. Je dus acheter un séchoir à cheveux et un fer à boucler. La cour de derrière était remplie de plantes et d'arbres exotiques qui fleurissent à longueur d'année. La nuit, cette végétation attirait des crapauds qui de mois en mois me paraissaient plus nombreux. La raison était simple : étant donné qu'ils sont considérés comme des nuisibles et que leur multiplication a échappé totalement aux contrôles de population, leur destruction est organisée au niveau des quartiers et ma cour était apparemment devenue pour eux un havre de paix.

Les Australiens m'initièrent au *lawn bowling*, un bowling pratiqué à l'extérieur par des joueurs habillés de blanc. J'avais vu des magasins où l'on ne vendait que du blanc : pantalons, chemises, chaussures, chaussettes et même chapeaux, et je fus contente de découvrir la raison d'une offre aussi sélective. On m'emmena aussi à un match de football australien, que je trouvai vraiment brutal. Jusqu'alors, je ne connaissais que les joueurs de football américain, casqués, capitonnés, protégés. Ici, les joueurs portaient des shorts et des chemisettes à manches courtes, sans aucune protection. Sur la plage, je vis des gens coiffés de bonnets en caoutchouc attachés sous le menton : ce sont les maîtres nageurs sauveteurs. Il existe aussi une patrouille spéciale de sauveteurs anti-requins. Il est rare que quelqu'un soit dévoré, mais la menace est suffisamment réelle pour justifier un entraînement spécial des équipes de secours.

L'Australie est le continent le plus sec et le plus plat du monde. Les montagnes, proches de la côte, dévient les pluies vers l'océan et laissent quatre-vingt-dix pour cent de la terre semi-aride. Quand on va de Sydney à Perth par avion, on survole trois mille deux cents kilomètres sans voir une ville.

Mon programme sanitaire m'obligea à aller dans toutes les grandes villes d'Australie. Aux États-Unis, j'avais un microscope spécial capable d'analyser du sang total, ni modifié ni fractionné, et qui permet, à partir d'une seule goutte, de visualiser nombre de caractéristiques chimiques du sang d'un patient. Ce microscope est relié à une caméra vidéo et à un écran. Le patient s'assied près du médecin, tous deux voient les globules blancs et les globules rouges, avec les bactéries ou les globules de graisse à l'arrière-plan. Je prélevais un échantillon de sang, montrais son sang au patient, puis je demandais aux fumeurs – par exemple – de sortir pour fumer une cigarette. Quelques minutes plus tard, je prélevais un autre échantillon et nous observions ensemble les effets d'une seule cigarette. Ce procédé, employé dans un but éducatif, est très efficace pour motiver les gens et les décider à prendre en charge leur santé. Il est utilisé dans diverses circonstances, par exemple pour révéler au patient le taux élevé des graisses dans son sang ou la lenteur de réaction de son système immunitaire, puis pour lui faire accepter l'idée de modifier sa conduite. Aux États-Unis, les assurances ne couvrent pas les mesures de santé préventives et le patient doit les payer de sa poche. Nous espérions que le système australien serait plus ouvert et mon travail consistait à faire des démonstrations techniques, à importer des appareils, à vérifier leur bon fonctionnement, à assurer leur entretien, à rédiger les protocoles et à former les médecins. C'était un projet exaltant et je passai de magnifiques moments dans ce pays du bout du monde.

Un samedi après-midi, je me rendis au musée des Sciences. La visite guidée était commentée par une grande femme aux vêtements coûteux, que l'Amérique passionnait. Nous bavardâmes et devînmes bonnes amies. Un jour, elle voulut que nous déjeunions ensemble et elle me proposa un pittoresque salon de thé au centre-ville, fréquenté par des diseuses de bonne aventure. J'étais assise à une table et commençais à m'impatienter, en me demandant ce qui, en moi, peut bien attirer l'amitié de personnes toujours en retard alors que je suis la ponctualité même. L'heure de la fermeture approchait. Mon amie ne viendrait plus. Je me penchai pour ramasser le sac que j'avais posé par terre en arrivant, trois quarts d'heure plus tôt, quand un grand jeune homme mince au teint sombre, habillé de blanc, du turban aux sandales, s'approcha de ma table :

– J'ai le temps de vous lire les lignes de la main maintenant, me dit-il d'une voix tranquille.

– Oh, j'attendais une amie, mais je ne crois pas qu'elle pourra venir. Je reviendrai une autre fois.

– Quelquefois, tout s'arrange pour le mieux, dit-il en écartant la chaise placée en face de moi, de l'autre côté de la petite table ronde.

Il s'assit, prit ma main, la retourna et commença à parler, mais il ne regardait pas ma paume et ses yeux restaient braqués sur les miens.

– C'est la destinée qui vous a conduite ici, pas dans ce salon de thé, mais sur ce continent. Ici, il y a quelqu'un que vous avez accepté de rencontrer pour votre bien à tous deux. L'accord a été passé avant vos naissances. En fait, vous avez tous deux choisi de naître au même instant, l'un sur le dessus du monde et l'autre ici, aux antipodes. Le pacte a été conclu au plus haut niveau de votre Moi éternel. Vous étiez d'accord pour ne pas vous rencontrer avant que cinquante ans aient passé. Le moment est venu. Quand vous vous rencontrerez, vous vous reconnaîtrez sur-le-champ, vos âmes se reconnaîtront. C'est tout ce que je puis vous dire.

Il se leva et sortit par une porte qui, je le supposai, menait aux cuisines du restaurant. J'étais interloquée. Rien de ce qu'il m'avait dit n'avait de sens, mais il parlait avec une telle assurance que j'étais tentée de le croire.

L'incident se compliqua quand mon amie m'eut téléphoné le soir pour s'excuser et m'expliquer pourquoi elle avait manqué notre rendez-vous. Comme je lui racontais ce qui s'était passé, elle se jura de se rendre le lendemain au salon de thé pour consulter elle-même le devin. Quelques jours plus tard, elle me téléphona et son enthousiasme s'était changé en perplexité.

– Le salon de thé n'a pas d'homme qui pratique la chiromancie, me dit-elle. Chaque jour, il y a une voyante différente, mais toutes sont des femmes. Mardi dernier, c'était Rose, et elle ne lit pas les lignes de la main, elle tire les cartes. Vous êtes sûre que vous ne vous êtes pas trompée d'endroit ?

Je savais que je n'étais pas folle. J'ai toujours considéré la voyance comme un pur divertissement mais une chose était sûre : ce jeune homme n'était pas une illusion.

5

UNE RÉUSSITE EXALTANTE

Il y avait pourtant une chose dans ce pays que je n'appréciais pas. Il me semblait que son peuple d'origine, ces indigènes à la peau noire qu'on appelle Aborigènes, étaient toujours frappés de discrimination. On les traite un peu comme les Américains ont eux-mêmes traité leurs populations autochtones. Le terrain qu'on leur a restitué dans l'intérieur du continent est un désert de sable aride et la région du Nord n'est formée que de falaises accidentées et occupée par un maquis rabougri. Les seuls territoires acceptables considérés encore comme leurs terres sont aussi des parcs nationaux qu'ils doivent partager avec les touristes.

Je n'ai jamais vu d'Aborigène occuper un poste officiel, je n'en ai jamais vu se promener dans les rues, accompagné d'enfants en uniformes scolaires. Je n'en ai jamais vu assister le dimanche aux offices religieux, bien que j'aie assisté à divers cultes. Je n'en ai pas vu non plus travailler comme commis d'épicerie, comme manutentionnaires à la poste ou vendeurs dans un magasin. Dans les bureaux de l'administration gouvernementale, je n'ai vu aucun employé aborigène. Pas plus que dans les stations d'essence ou dans les files d'attente des restaurants fast-food. Il semble y en avoir très peu. On les aperçoit en ville dans les bureaux de tourisme ainsi que dans les grandes fermes d'élevage de bovins et de moutons appartenant à des Australiens où ils travaillent comme aides – appelés *jackaroos*. On m'a raconté que quand un fermier s'aperçoit qu'un groupe d'Aborigènes nomades a tué un de ses moutons, il ne porte pas plainte car les indigènes ne prennent que ce dont ils ont absolument besoin pour se nourrir. Et puis, pour être tout à fait franc, on les crédite de pouvoirs de représailles quasiment surnaturels.

Un soir, je remarquai une bande de jeunes métis aborigènes d'une vingtaine d'années qui, tout en se dirigeant vers le centre-ville, versaient de l'essence dans des boîtes métalliques puis en inhalaient les vapeurs. Ils se droguaient. Les hydrocarbures et les diverses substances chimiques qui composent l'essence sont nocifs pour la moelle osseuse, le foie, les reins, les glandes surrénales, la moelle épinière et le système nerveux central. Mais, comme tous les autres témoins de la scène ce soir-là, je ne fis rien. Je ne dis rien, je ne tentai rien pour arrêter leur jeu stupide. Plus tard, j'appris qu'un des jeunes que j'avais vus était mort d'une intoxication par le plomb et d'insuffisance respiratoire, et cette mort m'affecta autant que celle d'un très vieil ami. J'allai même à la morgue voir le cadavre. J'avais consacré ma vie à essayer de prévenir la maladie et par ailleurs il me semblait que la perte de la culture et de toute motivation personnelle devait avoir joué son rôle dans ce jeu avec la mort. Ce qui me tourmentait le plus était que j'avais regardé ces jeunes gens sans lever le petit doigt.

J'interrogeai Geoff, mon nouvel ami australien. C'était un important concessionnaire d'automobiles, de mon âge, libre et très séduisant, un Robert Redford australien. Nous étions sortis plusieurs fois ensemble si bien que, pendant un dîner aux chandelles après un concert, je lui demandai si les citoyens de la ville se rendaient compte de ce qui se passait. Personne n'essayait donc de faire quelque chose ? Il me répondit :

– Oui, c'est triste, mais on n'y peut rien. On ne comprend pas les Abos. Ce sont des gens de la brousse, sauvages, primitifs. Nous leur avons proposé de les éduquer. Pendant des années, les missionnaires ont essayé de les convertir. Autrefois, ils étaient cannibales et ils ne veulent toujours pas abandonner leurs coutumes et leurs anciennes croyances. La plupart préfèrent la rigueur du désert. Le désert intérieur est un pays dur, mais ce sont les gens les plus durs du monde. Ceux qui sont tiraillés entre les deux cultures s'en sortent assez mal. Effectivement, c'est une race qui meurt. Leur population décline, de par leur propre volonté. Ce sont des illettrés, sans aucune ambition ni recherche de la réussite. Après deux cents ans, ils ne se sont toujours pas adaptés et, ce qui est pire, ils n'essaient même pas. Au travail, on ne peut pas compter sur eux, on ne peut pas leur faire confiance, ils se conduisent comme s'ils étaient incapables de lire l'heure. Crois-moi, il n'y a rien à faire pour les aider.

Le temps passa, mais pas un jour ne s'écoula sans que je pense au jeune mort. Je discutai de mes préoccupations avec une professionnelle de la santé qui, comme moi, avait un projet en cours. Son travail impliquait des contacts avec des vieux Aborigènes car elle se documentait sur les plantes et les fleurs sauvages qui pourraient, scientifiquement, contribuer à prévenir ou à traiter des maladies. Dans ce domaine, les peuples de la brousse ont beaucoup à nous apprendre : ils battent des records de longévité et ne connaissent guère les maladies dégénératives. Cette femme me confirma le peu d'efforts faits pour une véritable intégration, mais elle était désireuse de m'aider et je pris la décision d'intervenir et d'essayer de faire quelque chose. Quitte à n'être qu'une bonne volonté de plus.

Nous invitâmes vingt-deux jeunes Aborigènes sang-mêlé à une réunion. Mon amie me présenta, puis je parlai de la libre entreprise et d'une organisation pour la jeunesse défavorisée des villes appelée Junior Achievement. Son but était de donner une activité aux jeunes, par exemple fabriquer un produit. J'étais d'accord pour leur apprendre comment acheter les matériaux bruts, créer une unité de production, fabriquer les objets, les commercialiser, fonder l'entreprise et en organiser la gestion. Ils parurent très intéressés.

Lors de la réunion du lendemain, nous passâmes à l'étape suivante : quel produit fabriquer ? Quand j'étais enfant, mes grands-parents vivaient dans l'Iowa et je me souvenais d'avoir vu ma grand-mère relever la fenêtre, prendre un petit grillage mobile et l'adapter dans l'ouverture, ménageant ainsi un espace grillagé d'une trentaine de centimètres de hauteur. En Australie, la maison que j'habitais, comme la plupart des maisons de banlieue, n'avait pas de stores et, comme dans ce genre de résidence la climatisation n'est pas de mise, en ouvrant la fenêtre, on laisse entrer toutes sortes d'insectes. Nous n'avions pas de moustiques, mais luttions en permanence contre un genre de cancrelats volants. Le matin, au réveil, je trouvais souvent sur mon oreiller plusieurs bestioles de cinq centimètres de longueur, à la carapace noire, et je pensais qu'un treillis métallique serait un bon bouclier contre les envahisseurs.

Le groupe admit que ces écrans seraient un bon produit de lancement. Je connaissais un couple, aux États-Unis, auquel je pouvais demander de l'aide. Lui était ingénieur concepteur dans une grande société et elle était artiste. Si je leur expliquais par lettre ce que je désirais, ils pourraient m'établir une épure. Elle arriva deux semaines plus tard. Ma chère vieille tante

Nola, là-bas, en Iowa, offrit le soutien financier pour les premiers achats de matériaux et le démarrage. Il nous fallait un local. Les garages fermés étaient rares, mais les hangars ouverts nombreux : nous en achetâmes un et nous installâmes donc en plein air.

Chaque jeune Aborigène parut se glisser tout naturellement dans l'emploi pour lequel il était le plus doué. L'un se fit comptable, l'autre acheteur de matériaux, le troisième choisit de tenir à jour l'inventaire, ce qu'il fit avec fierté et précision. Nous eûmes des spécialistes dans chaque domaine et même plusieurs représentants particulièrement doués. Quand je pris mes distances pour observer l'entreprise, il m'apparut clairement qu'aux yeux du groupe, celui qui se consacrait au nettoyage et aux travaux d'entretien comptait autant pour la réussite du projet que les personnes qui assuraient la vente.

Nous avions décidé de proposer nos grillages anti-insectes pour des essais gratuits de quelques jours. Quand nous revenions voir le client, il nous payait s'il était satisfait et nous obtenions alors en général une commande pour équiper toutes les fenêtres de la maison. J'enseignai aussi au groupe le bon vieux système américain de la cooptation : les clients nous donnaient des noms de personnes auprès desquelles démarcher.

Les jours passèrent. Je travaillais, j'écrivais des textes, je voyageais, j'enseignais, je faisais des causeries. La plupart de mes soirées, je les passais avec les jeunes Noirs. Le groupe de départ demeurait soudé. Son compte en banque s'accroissait rapidement et nous ouvrîmes pour chaque membre un livret de caisse d'épargne.

Lors d'un week-end avec Geoff, je lui expliquai notre projet et mon désir d'aider les jeunes à obtenir leur indépendance financière. Peut-être plus tard ne seraient-ils pas embauchés par une entreprise, mais qui pourrait les empêcher d'en acheter une s'ils accumulaient assez d'argent ? Je suppose que je me vantais un peu en parlant de ma contribution au développement de leur sens de la valeur personnelle, car Geoff ironisa : « C'est bi-en ça-a, Yank ! » mais à notre entrevue suivante, il me proposa quelques livres d'Histoire et, assise dans son patio qui donne sur le plus beau port du monde, je lus tout un après-midi.

Un des livres citait le révérend George King qui, dans l'*Australian Sunday Times* du 16 décembre 1923, avait écrit : « Les Aborigènes d'Australie constituent, sans nul doute, un type inférieur dans l'échelle de l'humanité. Ils ne possèdent pas d'histoire traditionnelle fiable relative à leurs personnes, à leurs actions, à leur origine ; s'ils étaient aujourd'hui balayés de la surface de la terre, ils ne laisseraient derrière eux aucune œuvre d'art pour témoigner de leur existence en tant que peuple ; pourtant il semble qu'ils hantaient les immenses plaines australiennes à une époque très précoce de l'histoire du monde. »

Il y avait une citation plus connue de John Burless concernant l'attitude de l'Australie blanche envers eux : « J'ai quelque chose à vous donner mais vous n'avez rien que je désirerais avoir. »

Dans des rapports du quatorzième congrès de l'Australian and New Zealand Association for the Advancement of Science, on pouvait lire :

« Leur sens de l'odorat est peu développé.

Leur mémoire très limitée.

Leurs enfants ont tendance à être menteurs et poltrons.

Ils sont moins sensibles à la douleur que les races supérieures. »

Dans les livres d'Histoire, j'appris que lorsqu'un garçon devient un homme, son pénis est incisé du scrotum au méat au moyen d'un couteau émoussé en pierre, sans anesthésie et sans qu'il manifeste aucune douleur. Pour son initiation, un saint homme lui fait sauter une dent de devant avec une pierre, son prépuce est servi comme dîner à ses parents mâles et il est envoyé seul dans le désert, saignant et terrifié, pour prouver qu'il peut y survivre. L'Histoire disait aussi que les Aborigènes avaient été cannibales et qu'il arrivait aux femmes de manger leur bébé et d'en savourer les meilleurs morceaux. Je lus l'histoire de deux frères : le plus jeune avait poignardé l'aîné à cause d'une femme. L'aîné, après avoir lui-même amputé sa jambe gangrenée, creva les yeux de son cadet, puis ils vécurent heureux ensemble. L'un marchait à l'aide d'une prothèse en os de kangou-rou, guidant l'autre au bout d'un long bâton. L'anecdote faisait frissonner.

Mais le plus surprenant était une brochure officielle d'information concernant la chirurgie primitive qui affirme que les Aborigènes, par bonheur, ont un seuil de sensibilité à la douleur supérieur au seuil humain normal.

Les Aborigènes qui collaboraient à mon projet n'étaient pas des sauvages. On les aurait plutôt comparés à de jeunes Américains défavorisés. Ils vivaient en exclus dans une communauté où plus de la moitié des familles subsistaient grâce à des allocations. Ils me paraissaient résignés aux vêtements d'occasion, aux boîtes de bière tiède. De temps à autre, pourtant, l'un d'eux réussissait.

Le lundi suivant, de retour à l'atelier où se fabriquaient les grillages anti-insectes, je compris que j'avais sous les yeux une authentique entreprise non compétitive, sans rapport avec nos critères économiques occidentaux, et cela me fit vraiment plaisir.

J'interrogeai les jeunes employés sur leur héritage culturel et ils me répondirent que les significations tribales étaient perdues depuis longtemps. Quelques-uns d'entre eux se souvenaient des histoires que leurs grands-parents leur racontaient sur la vie à l'époque où seule la race aborigène occupait le continent. Il y avait alors, entre autres, les tribus du peuple de l'eau salée, du peuple Émeu ; mais ils ne voulaient plus qu'on leur rappelle leur peau noire et la différence qu'elle représente. Ils espéraient épouser une jeune fille à la peau plus claire et souhaitaient que leurs enfants finissent par s'intégrer.

Notre entreprise était une telle réussite que je ne fus pas surprise de recevoir un jour un appel téléphonique m'invitant à assister à une réunion d'Aborigènes à l'autre bout du continent. L'appel précisait que ce ne serait pas une réunion quelconque, mais qu'elle aurait lieu *pour moi*.

– Je vous en prie, arrangez-vous pour venir, me dit la voix indigène.

J'achetai des vêtements neufs, pris un billet d'avion aller et retour, fis mes réservations d'hôtel. J'annonçai aux personnes avec lesquelles je travaillais que je serais absente quelque temps et expliquai l'extraordinaire convocation. Je fis part de ma surexcitation à Geoff, à ma logeuse et, par lettre, à ma fille. Je considérais comme un honneur que des gens, de si loin, aient entendu parler de notre projet et tiennent à exprimer leur reconnaissance.

– Le transport de l'hôtel au lieu de réunion sera assuré, me dit-on.

On passerait me prendre à midi. À l'évidence, ce serait un déjeuner honorifique et c'est pourquoi lorsque Ooota vint me chercher, à midi pile, je me demandai quelle sorte de menu me serait servi.

6

LE BANQUET

L'incroyable remède obtenu en chauffant des feuilles et en recueillant le résidu huileux faisait son effet sur mes pieds endoloris et mon soulagement fut tel que je pus de nouveau envisager de me tenir debout. Un peu plus loin, sur ma droite, des femmes disposées en ligne paraissaient très affairées. Elles ramassaient de grandes feuilles tandis qu'avec un long bâton à fouir l'une d'elles sondait les broussailles et les arbres morts. Une autre ramassa une poignée de quelque chose et la déposa sur une feuille, puis elle posa une autre feuille par-dessus et le paquet fut donné à une messagère qui alla le déposer sur les braises. J'étais intriguée. C'était notre premier repas ensemble et sans doute préparait-on ce fameux menu qui excitait ma curiosité depuis des semaines. Je m'approchai en clopinant pour voir de plus près et ne pus en croire mes yeux : la femme avait le creux de la main plein de gros vers blancs grouillants.

Je poussai un gros soupir. J'avais perdu le compte du nombre de fois où, durant la journée, j'étais restée muette de surprise. Une chose était sûre : jamais je n'aurais faim au point de manger un ver ! Mais peut-on jamais dire « jamais » ? Depuis ce jour, c'est un mot que je m'efforce de rayer de mon vocabulaire. Il y a des choses que je préfère et d'autres que j'évite, mais nul n'est à l'abri de l'imprévisible, et puis, « jamais » vous engage pour vraiment très, très longtemps…

Les soirées en compagnie des membres de la tribu étaient un vrai plaisir. Ils racontaient des histoires, chantaient, dansaient, jouaient à différents jeux, bavardaient en tête à tête. C'était un moment de partage. En attendant que le repas soit prêt, ils s'activaient, se massant mutuellement les épaules, le dos et même le cuir chevelu. Je les vis manipuler cous et colonnes vertébrales et, plus tard, au cours du voyage, nous échangeâmes nos techniques. Je leur enseignai la méthode américaine de manipulation vertébrale, et ils m'apprirent les leurs.

Ce premier jour, je ne vis déballer ni bol, ni plat, ni assiette. Mes prévisions étaient justes : c'était un repas à la bonne franquette, du style pique-nique. On retira des braises les paquets de feuilles, ma part me fut apportée avec des précautions d'infirmière. J'observai mes compagnons qui dépliaient les feuilles et prenaient le contenu avec les doigts. Dans ma main, mon plat était chaud, mais rien ne bougeait. Je dus rassembler tout mon courage pour regarder : les vers avaient disparu ou, du moins, changé d'aspect. Ce magma brunâtre évoquait plutôt des cacahuètes grillées ou de la couenne. « Je crois que je peux avaler ça », me dis-je, ce que je fis. Et c'était bon ! J'ignorais, alors, que cette cuisson poussée avait été réalisée spécialement à mon intention.

Ce soir-là, j'appris que mon travail avec les Aborigènes des banlieues était connu. Ces jeunes métis n'étaient pas de sang pur et n'appartenaient pas à la même tribu, mais mon travail prouvait la sincérité de ma sollicitude. Ils m'avaient en quelque sorte convoquée parce qu'il leur avait semblé que j'avais besoin d'aide. Mes intentions étaient pures, mais le problème était, comme ils l'avaient constaté, que je ne comprenais ni la culture aborigène ni, à fortiori, les règles de cette tribu. Les cérémonies effectuées durant la journée étaient des épreuves. On m'avait jugée digne d'être acceptée et d'apprendre ce qu'étaient les vraies relations de l'homme avec l'univers dans lequel il vit, et l'univers au-delà, la dimension d'où nous venons et où nous retournons tous. J'allais me trouver confrontée à ma propre façon d'être au monde, et devoir la comprendre.

Assise, les pieds emmaillotés dans leur précieux pansement de feuilles, j'écoutais Ooota m'expliquer quelle exception cela représentait pour les nomades du désert que de marcher avec moi. Ils me permettaient de partager leur vie. Jusqu'alors, jamais ils n'avaient frayé, ou même envisagé une relation quelconque, avec un Blanc. En vérité, ils évitaient les Blancs depuis toujours. Toutes les autres tribus d'Australie s'étaient soumises aux lois du gouvernement blanc mais eux étaient les derniers insoumis. En général, ils se déplaçaient par familles de six à dix personnes, mais, pour ce voyage, ils s'étaient regroupés.

Ooota dit quelque chose et les membres du groupe me parlèrent l'un après l'autre. Ils m'indiquaient leur nom : des mots difficiles à retenir mais qui heureusement, avaient un sens, contrairement à nos prénoms occidentaux, si bien que je pouvais relier chaque personne à la signification de son nom pour mieux m'en souvenir. À la naissance, l'enfant reçoit un nom, mais, lorsqu'il grandit, ce nom peut se révéler inadapté et chacun peut se choisir une référence mieux appropriée. Un nom peut changer plusieurs fois dans le cours d'une existence, car la sagesse d'un individu, sa créativité et ses buts se précisent et se clarifient avec le temps. Dans notre groupe, nous avions entre autres Conteuse-d'Histoires, Faiseur-d'Outils, Gardeuse-des-Secrets, Maîtresse-de-Couture et Grande-Musique.

À la fin, Ooota me désigna du doigt et, s'adressant à chaque membre du groupe, il répéta le même mot. Je pensai d'abord qu'il tentait de prononcer mon prénom, puis qu'au contraire il s'agissait de mon nom de famille.

Ce n'était ni l'un ni l'autre et le mot utilisé ce soir-là et qui désormais me désignerait tout au long du voyage était « Mutante ». Je ne compris pas pourquoi Ooota, leur interprète, leur apprenait à prononcer un terme aussi étrange. Pour moi, la mutation est une modification affectant une structure fondamentale, si bien que la forme résultante n'est plus semblable à la forme originale. Mais à ce stade, cela n'avait réellement pas d'importance, car cette journée tout entière et même toute ma vie baignaient dans la plus totale confusion.

Ooota m'expliqua que, dans certaines nations aborigènes, on n'utilise qu'environ huit noms en tout, un peu comme un système de numération. Tous ceux de la même génération et de même sexe sont considérés comme ayant les mêmes liens de parenté, si bien que chacun a plusieurs mères, pères, frères, etc.

La nuit tombait et je demandai quelle était la méthode usuelle employée pour se soulager. Quand on m'expliqua qu'il fallait s'éloigner un peu dans le désert, creuser un trou dans le sable, s'accroupir puis recouvrir de sable le trou et son contenu, je regrettai de ne pas avoir mieux observé le chat de ma fille, Zuke. On me conseilla de faire attention aux serpents, qui s'activent davantage lorsque la chaleur tombe, avant que ne s'abatte la froideur de la nuit. J'eus des visions de créatures venimeuses aux yeux méchants et à la langue fourchue réveillées par mes activités et jaillissant du sable sous mon nez. Pendant mes voyages en Europe, je n'avais cessé de me plaindre de la qualité épouvantable du papier toilette. En Amérique du Sud, j'avais emporté le mien. Ici, l'absence de papier était le cadet de mes soucis.

Quand je retrouvai le groupe après mon aventure dans le désert, nous partageâmes un sachet de thé de pierre, qui se prépare en laissant tomber des pierres chaudes dans un récipient d'eau. Le récipient était à l'origine une vessie d'animal. Des plantes sauvages furent ajoutées à la précieuse eau chaude et mises à infuser, puis nous nous passâmes le récipient de main en main. C'était délicieux.

Ce thé de pierre est réservé aux grandes occasions, par exemple mes premiers pas avec les marcheurs du désert. Les membres du groupe se rendaient compte des difficultés que j'avais éprouvées, sans chaussures, sans aide, sans moyen de transport. Les plantes ajoutées dans l'eau n'avaient pas pour objet de varier le menu ou de servir de remède ou d'aliment. Ce thé partagé était une célébration, une façon de reconnaître la réussite du groupe. Je ne m'étais pas effondrée, je n'avais pas demandé à être ramenée en ville, je n'avais pas pleuré. Tous sentaient que j'acceptais de recevoir leur esprit.

Chacun se prépara un emplacement sur le sable et alla prélever dans le ballot une peau roulée. Toute la soirée, une vieille femme m'avait fixée, son visage exprimant une sorte de réticence.

– Que pense-t-elle ? demandai-je à Ooota.

– Que tu as perdu ton odeur de fleur et que tu es sans doute une extraterrestre.

Je souris, elle me tendit ma peau. Elle s'appelait Maîtresse-de-Couture.

– C'est du dingo, me dit Ooota.

Je savais que le dingo est un chien sauvage australien qui ressemble au coyote ou au loup.

– Ça sert à tout. Tu peux étaler la peau par terre sous toi, ou te couvrir avec, ou la rouler sous ta tête.

« Merveilleux, me dis-je. Il ne me reste qu'à choisir les soixante centimètres de mon anatomie que je veux mettre à l'abri. »

Je choisis de me servir de la peau comme barrière contre les créatures rampantes que j'imaginais toutes proches. Il y avait des années que je n'avais pas dormi par terre. Enfant, je passais des heures sur un grand rocher plat du désert de Mojave, en Californie. Nous habitions Barstow et la grande attraction locale était un grand tertre, appelé la colline B. Souvent, l'été, munie d'une bouteille de soda à l'orange et d'un sandwich au beurre de cacahuètes, je gravissais la colline. Je mangeais toujours sur le même rocher plat, puis je m'allongeais sur le dos pour observer les nuages et leur trouver des formes. Mon enfance me paraissait lointaine, mais j'avais l'impression que c'était le même ciel. Je crois que je n'avais pas fait très attention aux étoiles pendant toutes ces années. Au-dessus de moi s'étendait une voûte bleu cobalt cloutée d'argent et je voyais nettement la Croix du Sud, qui est représentée sur le drapeau australien.

Allongée, je réfléchis à mon aventure. Comment pourrais-je jamais décrire ce qui m'était arrivé ! Une porte s'était ouverte et j'étais entrée dans un monde qui, jusqu'alors, n'existait pas pour moi. Ce n'était certes pas un monde de luxe. J'avais vécu dans bien des endroits et voyagé dans de nombreux pays, par tous les moyens de transport possibles, mais jamais rien de comparable ne m'était arrivé. Je me dis que tout allait sans doute s'arranger.

Le lendemain, je leur expliquerais que cette journée m'avait permis d'apprécier leur culture. Mes pieds supporteraient le trajet de retour vers la Jeep, peut-être avec le secours de leur pommade, parce qu'elle était vraiment efficace. Un échantillon de leur style de vie me suffisait. Mais aujourd'hui, à part la torture de mes pieds, ça ne s'était pas si mal passé.

Tout au fond de moi, j'éprouvais une grande reconnaissance pour en avoir appris un peu plus sur la façon dont vivent d'autres êtres humains. Je commençais à comprendre que, dans le cœur humain, circule autre chose que du sang. Je fermai les yeux et adressai un silencieux « merci » à la Puissance, tout là-haut.

À l'autre extrémité du campement, quelqu'un dit quelque chose. Ce fut repris par une autre voix, puis encore une autre. Couchés, mes compagnons se passaient le mot, qui circulait de bouche en bouche. À la fin, la phrase parvint à

Ooota dont le matelas était proche du mien. Il se tourna vers moi et dit :

– Il n'y a pas de quoi. Tu es la bienvenue. C'était vraiment une belle journée.

Cette réponse à mes mots silencieux me médusa, mais je répétai « merci », cette fois à haute voix, et j'ajoutai :

– Merci à vous tous.

7

QU'EST-CE QUE
LA PROTECTION SOCIALE ?

Le bruit m'éveilla avant le lever du soleil. Mes compagnons rassemblaient les objets utilisés la veille au soir. On me dit qu'il allait faire encore plus chaud, si bien que nous marcherions plutôt dans la fraîcheur du petit jour, puis que nous nous reposerions et terminerions notre marche le soir. Je pliai ma peau de dingo et la tendis à l'homme qui faisait les ballots. Il laissait les peaux accessibles car, durant les heures chaudes, il nous faudrait construire un *wiltja*, un abri de brousse temporaire, ou utiliser nos peaux de couchage pour nous procurer de l'ombre.

Les animaux, pour la plupart, n'aiment pas le soleil aveuglant, et seuls les lézards, les araignées et les mouches du désert s'activent allégrement à plus de 38 °C. Même les serpents s'enfouissent par forte chaleur, sinon ils se déshydratent et meurent. Ils sont parfois diffi-

ciles à repérer car, en nous entendant approcher, ils sortent juste la tête du sable pour localiser la source des vibrations. Je suis contente
d'avoir ignoré à l'époque qu'il existe deux cents
espèces de serpents en Australie, dont plus de
soixante-dix venimeuses.

Ce premier jour, je fus initiée aux relations
que les Aborigènes ont établies avec la nature.
Avant de lever le camp, nous formâmes un
demi-cercle, face à l'est. L'Ancien de la tribu se
plaça au milieu et chanta. Tous les autres cla-
quaient des mains, tapaient des pieds ou se
frappaient les cuisses en cadence. Cela dura
une quinzaine de minutes. C'est la routine
matinale et ce moment compte beaucoup dans
la vie commune. On peut appeler cela prière,
recherche d'un centre, fixation d'un objectif. Le
Vrai Peuple croit que tout ce qui existe sur la
planète a sa raison d'être. Tout est justifié, tout a
un but. Il n'y a pas de caprices du sort, de bizarreries, d'accidents. Il n'y a que des conceptions
erronées, des mystères qui ne sont pas encore
révélés aux mortels.

La justification du royaume végétal est de
nourrir les animaux et les hommes, de fixer le
sol, d'accroître la beauté, d'équilibrer l'atmosphère. On m'expliqua que les plantes et les
arbres chantent en silence pour les humains et
qu'ils nous demandent en échange de chanter
pour eux. Mon esprit scientifique, aussitôt, traduisit cela en échanges gazeux assurés par la
nature entre l'oxygène et le gaz carbonique. La
justification principale de l'animal n'est pas de

nourrir les hommes, mais il y consent en cas de nécessité. Son but est d'équilibrer l'atmosphère, d'être un compagnon et un éducateur par l'exemple. C'est pourquoi, chaque matin, la tribu adresse un message ou une pensée aux animaux et aux plantes qui se trouveront sur son chemin. Ce message dit : « Nous croiserons ton chemin. Nous venons honorer le but de ton existence. » Aux plantes et aux animaux de s'arranger entre eux pour désigner celui qui sera choisi.

Le Vrai Peuple ne manque jamais de nourriture. L'univers répond toujours à sa silencieuse requête. Les membres de la tribu croient que le monde est un lieu d'abondance et, tout comme vous et moi nous réunissons pour entendre un pianiste jouer et honorons le talent et la finalité de l'artiste, ils font de même envers tout ce qui existe dans la nature. Quand un serpent croisait notre chemin, il se trouvait évidemment là pour notre dîner. La nourriture quotidienne occupait une place importante dans notre célébration du soir. J'appris que l'apparition de cette nourriture n'allait pas de soi. On commençait par la demander, on s'attendait à ce qu'elle se manifeste et elle se manifestait, mais on l'accueillait toujours avec gratitude et une sincère reconnaissance.

Les membres de la tribu commencent toujours un nouveau jour en remerciant l'Un pour la journée, pour eux-mêmes, pour leurs amis et pour le monde. Il arrive que quelqu'un demande quelque chose de précis, mais alors il ajoute toujours « si c'est pour mon plus grand bien et le bien de toute vie ».

Après notre réunion du matin, je voulus demander à Ooota de me ramener à la Jeep, mais je ne l'aperçus nulle part et je dus me résigner à une autre journée de marche.

La tribu ne transporte pas de nourriture, ne plante rien, ne participe à aucune récolte. Elle parcourt l'étincelant désert intérieur en sachant que chaque jour elle recevra les dons généreux de l'univers. Et l'univers ne la déçoit jamais.

Le premier jour, nous ne prîmes pas de petit déjeuner, et il s'avéra que c'était l'habitude. Parfois, nous prenions notre repas le soir ; mais, la plupart du temps, nous mangions quand la nourriture se présentait, quelle que fût la position du soleil. Bien des fois, nous mangeâmes un morceau ici et là, sans faire de véritable repas.

Nous transportions plusieurs vessies pleines d'eau. Je sais que l'homme est composé de 70 % d'eau et qu'il lui en faut au moins quatre litres par jour dans les conditions idéales. Je remarquai que les besoins des Aborigènes étaient moindres, et qu'ils buvaient moins que moi. Leurs corps paraissaient utiliser l'humidité des aliments au maximum. Les Aborigènes sont convaincus que les Mutants se droguent avec beaucoup de substances et que l'eau est une de leurs drogues.

Nous utilisions l'eau pour mettre à tremper ce qui paraissait être des brins d'herbe desséchée et morte et, l'heure des repas, ces brindilles brunâtres ressortaient de l'eau miraculeusement transformées en bâtonnets qui ressemblaient à des branches de céleri frais.

Les membres de la tribu savaient trouver de l'eau là où n'existait aucune trace d'humidité. Parfois, ils se couchaient sur le sable et entendaient l'eau en dessous ou, paumes tournées vers le sol, ils auscultaient la terre pour localiser l'eau. Ils enfonçaient de longs roseaux creux dans le sable, aspiraient et amorçaient ainsi une mini-fontaine ; l'eau était sablonneuse et colorée, mais fraîche, et son goût était pur. Ils devinaient de loin la présence de l'eau en observant les brumes de chaleur, ils pouvaient même sentir son odeur dans la brise. Maintenant, je sais pourquoi tant de voyageurs qui partent explorer le désert intérieur meurent si rapidement ; il faut les connaissances des autochtones pour y survivre.

On m'expliqua comment faire pour puiser de l'eau dans une crevasse rocheuse sans effrayer les animaux en contaminant la zone avec mon odeur humaine. Après tout, c'est aussi leur eau et ils y ont droit tout autant que nous. La tribu ne prenait jamais toute l'eau, quel que soit le niveau de ses réserves. À chaque point d'eau, nous allions nous désaltérer à un endroit précis, et chaque espèce animale obéit à ce schéma. Seuls les oiseaux, ignorants de cette loi, se sentent partout chez eux, boivent, s'éclaboussent et fientent en toute liberté.

Rien qu'en examinant le sol, les membres de la tribu savent quelles créatures se trouvent à proximité. Tout enfant, ils apprennent à observer et à reconnaître au premier coup d'œil les traces imprimées sur le sable par les créatures qui marchent, qui bondissent ou qui rampent. Ils sont si habitués à voir les empreintes de pas de leurs compagnons qu'ils peuvent non seulement en identifier l'auteur, mais dire d'après la longueur de l'enjambée si celui-ci se sent en forme ou est malade. La moindre déviation de l'empreinte peut leur révéler la destination probable du marcheur. Leurs perceptions se développent bien davantage que celles des sujets appartenant à d'autres cultures. L'ouïe, la vue, l'odorat semblent atteindre chez eux un degré surhumain et, pour eux, les empreintes émettent des vibrations plus révélatrices encore que leur configuration sur le sable. J'appris plus tard que les chasseurs aborigènes devinent d'après les traces de pneus dans le désert quelle était la vitesse et le type du véhicule, le jour et l'heure de son passage et même le nombre de ses passagers.

Les jours suivants, nous mangeâmes des bulbes, des tubercules et d'autres légumes-racines ressemblant à des pommes de terre ou à des ignames. Mes compagnons repéraient une plante bonne à récolter sans avoir à l'arracher. Ils déplaçaient leurs mains au-dessus des plantes et disaient : « Celle-ci pousse, mais elle n'est pas prête » ou « Oui, celle-là est disposée à enfanter. » Pour moi, toutes les tiges se ressemblaient, si bien qu'après en avoir arraché plusieurs et avoir regardé mes compagnons les replanter, je préférais attendre qu'on me dise lesquelles prendre. On m'expliqua que tous les êtres humains possèdent ce don de sourcier, mais que, comme ma société n'encourage pas les gens à tenir compte de leurs intuitions et même les désapprouve en les qualifiant de surnaturelles et, parfois, de diaboliques, il fallait que je m'entraîne pour réapprendre ce qui est inné. Finalement, mes compagnons m'enseignèrent à deviner si une plante est bonne en lui demandant si elle est disposée à être honorée pour la finalité de son existence. Après avoir demandé la permission à l'univers, je déplaçais la paume au-dessus de la plante. Parfois, je sentais une chaleur et parfois mes doigts paraissaient animés de mouvements incontrôlables quand ils se trouvaient au-dessus de végétaux parvenus à maturité. Je sentis alors que j'avais fait un très grand pas vers mon acceptation par les membres de la tribu. Cela signifiait que j'étais moins le résultat d'une mutation, et devenais peut-être un peu plus « réelle ».

Nous ne déterrions jamais tout un carré de plantes : nous en laissions suffisamment pour une nouvelle pousse. Les membres de la tribu ont une conscience aiguë de ce qu'ils appellent le chant, ou les sons non exprimés, de la terre. Il perçoivent l'énergie de l'environnement, la décodent, puis agissent consciemment, presque comme s'ils possédaient un petit récepteur céleste traversé par les messages de l'univers.

L'un des premiers jours, nous traversâmes un lac asséché à la surface sillonnée de larges crevasses irrégulières aux lèvres ondulées. Des femmes grattèrent l'argile blanche qui, plus tard, serait broyée pour fabriquer de la peinture. Elles portaient de longs bâtons qu'elles enfoncèrent dans l'argile durcie. À un mètre de profondeur, elles trouvèrent de l'humidité d'où elles extirpèrent des petits globes de boue. À ma grande surprise, les boules débarrassées de leur gangue contenaient des crapauds, qui échappent à la déshydratation en s'enterrant. Rôtie, leur chair encore humide avait un goût de blanc de poulet. Les mois suivants, nous vîmes se matérialiser ainsi devant nous tout un choix de nourriture que nous honorions par notre célébration quotidienne de la vie universelle. Nous mangeâmes du kangourou, du cheval sauvage, du lézard, des serpents, des insectes, des larves de toutes formes et de toutes couleurs, des fourmis, des termites, des fourmiliers, des oiseaux, du poisson, des graines, des noix, des fruits frais, toutes sortes de plantes trop nombreuses pour pouvoir être énumérées, et même du crocodile.

Le premier matin, une femme s'approcha de moi. Elle ôta le tortillon crasseux qui lui entourait la tête et, soulevant mes longs cheveux, elle me fit une nouvelle coiffure relevée qu'elle fixa avec ce chiffon. C'était Femme-des-Esprits. Je ne compris pas à quoi ou à qui elle était spirituellement liée, mais quand nous fûmes devenues amies, je décidai que c'était à moi.

Je perdis le compte des jours, des semaines, du temps lui-même et renonçai à essayer de demander qu'on me ramène à la Jeep. Cela me paraissait futile, car quelque chose d'autre semblait se mettre en place. Mes compagnons avaient un plan, mais, à ce stade, il ne m'était pas permis de le connaître. Sans cesse, mes forces, mes réactions, mes croyances étaient mises à l'épreuve. Pourquoi, je l'ignorais, et je me demandais quels résultats étaient enregistrés.

Certains jours, le sable était si chaud que j'entendais littéralement mes pieds grésiller, comme des hamburgers dans une poêle. Mes ampoules séchèrent, durcirent et une sorte de sabot commença à se former.

Avec le temps, mon énergie physique s'accrut de façon étonnante. Sans aliments le matin et à midi, j'apprenais à me nourrir du spectacle. Je regardais les diverses espèces de reptiles, les insectes au travail, je découvrais des formes cachées dans les pierres et le bois sec.

Mes compagnons me désignaient les lieux sacrés dans le désert. Il semblait que tout était sacré pour eux : des amoncellements de rochers, des collines, des ravins, des cuvettes asséchées. Des frontières invisibles délimitaient les territoires des anciennes tribus. Le groupe mesurait les distances en chantant des chansons aux rythmes spécifiques qui avaient jusqu'à cent couplets. Chaque mot, chaque pause étaient calculés. On ne pouvait ni improviser ni oublier un vers ; cela aurait faussé la mesure du temps. En fait, la tribu chantait tout au long d'un déplacement d'un lieu à l'autre. Je peux comparer ces chants-itinéraires à une méthode de mesure mise au point par un ami aveugle.

Les Aborigènes ont refusé tout langage écrit parce que, selon eux, l'écriture affaiblit la puissance de la mémoire. Si vous exigez beaucoup de votre mémoire, vous lui conservez un niveau optimal.

Jour après jour, le ciel restait d'un bleu pastel aux innombrables nuances, sans un nuage. L'étincelante lumière de midi ricochait en se renforçant sur le sable scintillant et mes yeux devinrent les portes d'entrée d'un torrent de visions.

Je cessai de prendre comme allant de soi ma capacité de récupération après une nuit de sommeil, le soulagement apporté à ma gorge par quelques gorgées d'eau, les goûts innombrables sur ma langue, du salé à l'amer, et je commençai à les apprécier davantage. J'avais vécu jusque-là avec certaines obsessions : garder mon emploi, me garantir contre l'inflation, acquérir une maison, économiser pour ma retraite. Ici, notre seule sécurité était l'indubitable cycle qui reliait l'aube au coucher du soleil. C'est pourquoi j'étais étonnée de constater que cette race, qui est la plus privée de sécurité au monde, ne souffre ni d'ulcères, ni d'hypertension, ni des maladies cardio-vasculaires liées au stress.

Je commençai à voir la beauté et l'unicité de la vie dans les spectacles les plus étranges : un nid de serpents pas plus gros que mon pouce, deux cents peut-être, s'entretissant et se dénouant comme une frise mobile sur le flanc d'un vase antique. J'ai toujours détesté les serpents. Mais désormais, je les voyais comme une nécessité pour l'équilibre de la nature et la survie de notre groupe itinérant, comme des créatures si difficiles à aimer qu'on leur a donné une place dans l'art et dans la religion. Je ne pouvais imaginer qu'un jour je mangerais de la chair de serpent fumé et encore moins du serpent cru, mais, le moment venu, je le fis. J'appris à apprécier la précieuse humidité d'un aliment, quel qu'il fût.

Au fil des mois, nous rencontrâmes des conditions météorologiques extrêmes. La première nuit, j'utilisai ma peau de dingo comme matelas, mais, par les nuits froides, je m'en servais comme couverture. La plupart de mes compagnons couchaient blottis dans les bras les uns des autres. Ils se fiaient davantage à la chaleur humaine qu'au feu proche. Par les nuits très froides, nous allumions de nombreux feux. Autrefois, des dingos apprivoisés se déplaçaient avec la tribu : ils chassaient pour elle, se montraient de bons compagnons et tenaient chaud la nuit, d'où l'expression : « nuit des trois chiens. »

Certains soirs, nous nous allongions par terre en formant un cercle, ce qui nous permettait de mieux nous couvrir et de transmettre la chaleur corporelle plus efficacement. Nous creusions des tranchées dans le sable, étalions un lit de braises au fond, du sable par-dessus. La moitié des peaux y était disposée sous les corps, l'autre moitié par-dessus. Deux personnes s'installaient dans chaque tranchée, tous les pieds se touchaient au centre.

Je me revois, le menton calé dans les paumes pour mieux contempler l'immensité du ciel. Je percevais autour de moi l'essence de ce peuple admirable, pur, innocent, aimant. Ce cercle d'âmes, ce motif en forme de fleur avec les petits feux séparant les groupes de deux corps, devait, vu du cosmos, être un merveilleux spectacle. Les corps n'étaient en contact que par les orteils, mais, comme les jours passaient, je me rendais compte que les consciences étaient depuis toujours reliées à la conscience de l'humanité.

Je commençais à comprendre pourquoi ils croyaient si sincèrement que j'étais une Mutante et j'éprouvais une gratitude tout aussi sincère pour l'occasion qui m'était donnée de m'éveiller.

8

TÉLÉPHONE SANS FIL

La journée commença comme les autres et je ne pressentis rien de ce qui m'était réservé. Seul fait exceptionnel, nous prîmes un petit déjeuner. La veille, sur la piste, nous étions passés près d'une meule à grain. C'était un gros rocher ovale et très lourd, trop lourd à transporter, si bien qu'on le laissait là, à la disposition des voyageurs assez chanceux pour avoir du grain à moudre. Les femmes avaient réduit des tiges en fine poudre qu'elles avaient mélangée avec une herbe à goût salé et de l'eau, pour faire des galettes qui ressemblaient à des petites crêpes.

Durant notre prière matinale, face à l'est, nous remerciâmes pour toutes ces bénédictions et adressâmes notre message quotidien au royaume de la nourriture. Un jeune homme vint se placer au centre du groupe et parla. On m'expliqua qu'il s'offrait pour une tâche spéciale ce jour-là et il quitta le campement très tôt, nous précédant sur notre route.

Nous marchions depuis plusieurs heures quand l'Ancien s'arrêta et s'agenouilla. Tout le monde l'entoura tandis qu'il restait à genoux, oscillant doucement, les bras étendus devant lui. Je demandai à Ooota ce qui se passait, mais il me fit signe de me taire. Personne ne parlait, les visages étaient attentifs. À la fin Ooota se tourna vers moi et me dit que le jeune éclaireur nous envoyait un message demandant la permission de couper la queue du kangourou qu'il venait de tuer.

Je compris alors pourquoi le groupe était tellement silencieux toute la journée quand nous marchions : la tribu communiquait la plupart du temps par télépathie. On n'entendait rien, mais des messages s'échangeaient entre des gens à trente-cinq kilomètres de distance. Comme c'était le cas en ce moment même.

– Pourquoi veut-il lui couper la queue ? demandai-je.

– Parce que c'est la partie la plus lourde du kangourou et qu'il est trop malade pour porter facilement l'animal qui est plus grand que lui. Il nous dit qu'il a bu de l'eau polluée et que son corps est chaud. Des perles de liquide lui coulent sur le visage.

Une réponse fut envoyée par télépathie. Ooota m'annonça que nous faisions halte et des membres du groupe creusèrent une fosse assez grande pour accueillir l'animal, tandis que d'autres préparaient des remèdes à base de

84

plantes selon les instructions d'Homme-Docteur et de Femme-Guérisseuse.

Plusieurs heures plus tard, le jeune homme arriva au campement, chargé de l'énorme kangourou privé de sa queue. Il avait été vidé et l'ouverture était maintenue ouverte par des bâtons pointus. Les entrailles, dévidées, servaient de cordes pour lier les quatre pattes. Le jeune homme portait ces cinquante kilos de viande sur la tête et les épaules. Il transpirait et avait l'air malade. Je regardai la tribu s'activer, tant pour le soigner que pour faire la cuisine.

L'animal fut tout d'abord présenté aux flammes et une odeur de poils carbonisés se dégagea et stagna dans l'air comme le brouillard à Los Angeles. La tête fut coupée, les pattes brisées et les tendons prélevés. Le corps fut ensuite descendu dans la fosse tapissée de braises. Dans un coin, au fond, on déposa un petit récipient rempli d'eau dans lequel était enfoncé un roseau dont l'autre extrémité dépassait à l'extérieur. Puis des broussailles furent entassées sur le kangourou. De temps en temps, le chef cuisinier plongeait dans la fumée et, en soufflant dans le roseau, pulvérisait de l'eau sous la surface. Aussitôt, un nuage de vapeur se dégageait.

Au moment du repas, plusieurs heures plus tard, seule une épaisseur de quelques centimètres de viande était cuite, le reste baignait dans le sang.

J'expliquai que je pouvais piquer ma part sur une baguette, comme une saucisse, pour la cuire. Pas de problème ! On me fabriqua vite la fourchette adéquate.

Pendant ce temps, le jeune chasseur recevait des soins. Tout d'abord, il but une infusion de plantes, puis ses soigneurs lui enveloppèrent les pieds avec du sable frais extrait d'un trou profond. On m'expliqua que si la chaleur de la tête pouvait être attirée vers la partie inférieure du corps, la température corporelle se rééquilibrerait sans doute. Cette explication me parut étrange, mais la manœuvre réussit et la fièvre baissa. Les plantes eurent aussi une action bénéfique en empêchant les douleurs abdominales et la diarrhée, symptômes habituels du genre d'intoxication dont souffrait cet homme.

Ce fut réellement extraordinaire et, si je n'avais pas assisté à la scène, j'aurais eu du mal à y croire, surtout à la communication par télépathie. Je me confiai à Ooota, qui me répondit en souriant :

– Maintenant, tu sais ce qu'éprouve un Aborigène qui arrive en ville pour la première fois et vous voit mettre un jeton dans le téléphone, composer un numéro et parler à votre correspondant. Pour lui, c'est incroyable.

– Oui, répliquai-je, les deux méthodes sont bonnes, mais la vôtre fonctionne mieux là où on ne dispose ni de jetons ni de cabines téléphoniques.

Je savais que, de retour au pays, j'aurais du mal à convaincre mes compatriotes de la réalité de ce phénomène. Ils acceptent que les humains dans le monde soient cruels les uns pour les autres, mais répugnent à croire qu'il y a sur terre des gens qui ne sont pas racistes, vivent en harmonie parfaite en s'entraidant, découvrent leurs talents personnels, les exploitent et les honorent comme ils honorent ceux d'autrui. D'après Ooota, la raison pour laquelle le Vrai Peuple peut utiliser la télépathie est qu'il ne ment jamais, qu'il ne déforme pas la vérité, ni peu ni beaucoup. Il ignore tout du mensonge. Personne n'a rien à cacher. Dépourvus de peur, les esprits s'ouvrent pour recevoir et échanger les informations. Ooota m'expliqua comment cela fonctionnait. Un enfant de deux ans voit un autre enfant jouer avec un jouet, une pierre par exemple, tirée par une ficelle. S'il veut s'emparer du jouet, tous les regards des adultes se tournent aussitôt vers lui et il apprend que son intention de prendre sans permission est connue de tous et jugée inacceptable. Mais de son côté l'autre enfant doit, lui, apprendre à partager et s'exercer au non-attachement aux objets. Ayant déjà expérimenté le plaisir et enregistré le souvenir du plaisir éprouvé, cet enfant comprend que ce qu'il désire est l'émotion du plaisir procuré par l'objet et non l'objet lui-même.

C'est par la télépathie que les êtres humains sont supposés communiquer. Les différents langages, les alphabets variés sont des obstacles qu'il convient d'écarter quand les gens se parlent de cerveau à cerveau. Mais dans mon monde, où les gens volent l'administration, fraudent le fisc et ont des liaisons secrètes, cela ne marcherait pas. Mon peuple ne supporterait pas d'avoir véritablement l'esprit « ouvert ». Nous avons trop de duplicité, trop de blessures et trop d'amertume à cacher.

Quant à moi, me demandais-je, pourrais-je vraiment pardonner à ceux que je soupçonnais de m'avoir fait du tort ? Pourrais-je jamais me pardonner pour toutes les blessures que j'avais infligées ? Peut-être, un jour, serais-je capable d'étaler mon esprit au grand jour, comme les Aborigènes, et de rester là sans bouger tandis que mes motivations seraient exposées devant tous et examinées.

Le Vrai Peuple ne pense pas que la voix est faite pour parler : pour cela, nous avons notre centre cœur/tête. Si la voix sert à la parole, on a tendance à se livrer à des petits échanges verbaux inutiles et moins spirituels. La voix est faite pour chanter, pour célébrer et pour guérir.

Tout le monde a de nombreux talents, tout le monde peut chanter. Si je n'honore pas ce don parce que je ne crois pas le posséder, cela ne diminue pas le chanteur en moi.

Plus tard, au cours du voyage, quand les membres du groupe travaillèrent avec moi pour développer mes capacités de communication mentale, j'appris que tant que j'aurais quelque chose à cacher dans le cœur ou dans la tête, je n'arriverais à rien. Il me fallait être en paix avec toute chose. Je devais apprendre à pardonner. À ne pas juger mais à tirer la leçon du passé. Le Vrai Peuple m'a montré qu'il est d'une importance capitale d'accepter, d'être sincère et de s'aimer soi-même afin de pouvoir traiter autrui de la même façon.

9

UN CHAPEAU POUR LE DÉSERT

Dans le désert, les mouches sont un véritable fléau. Elles surgissent aux premiers rayons du soleil et envahissent bientôt le ciel, se déplaçant en nuages noirs qui paraissent formés de millions d'insectes ; on dirait une tornade du Kansas.

Je mangeais, je respirais des mouches. Elles grouillaient dans mes oreilles, grimpaient dans mes narines, me bouchaient les yeux, et franchissaient même la barrière de mes dents serrées pour parvenir jusqu'à ma gorge. Elles avaient un goût douceâtre et écœurant qui me donnait la nausée. Elles m'étouffaient. Elles se collaient sur mon corps, en une cuirasse noire et mouvante. Elles ne piquaient pas, mais je souffrais trop de leur présence pour m'en rendre compte. Elles étaient énormes, rapides, et en si grand nombre que c'était presque insupportable. Mes yeux, surtout, souffraient.

Les membres de la tribu savent quand et où les mouches vont surgir. Quand ils les entendent ou les voient approcher, ils s'arrêtent, ferment les yeux et restent immobiles, les bras le long du corps, détendus.

Ils m'ont enseigné à considérer le côté positif de tout ce qui nous arrivait, ou presque, mais les mouches auraient causé ma chute, si l'on ne m'avait pas aidée. En fait, c'est l'épreuve la plus pénible que j'aie jamais eu à supporter. Je comprends que le fait d'être recouvert par des millions d'insectes grouillants puisse rendre fou et j'ai eu beaucoup de chance de ne pas perdre la raison.

Un matin, trois femmes s'approchèrent de moi et me demandèrent quelques mèches de cheveux. Je me décolore les cheveux depuis trente ans, si bien qu'à mon arrivée dans le désert ils étaient d'un blond doux ; je les portais longs, mais coiffés en chignon. Après quelques semaines de marche, comme ils n'avaient été ni lavés, ni brossés, ni peignés, j'ignore à quoi ils ressemblaient. Je n'avais même pas vu une surface d'eau claire ou assez réfléchissante pour que je puisse me regarder. Je ne pouvais qu'imaginer une tignasse crasseuse, emmêlée et feutrée. Le bandeau que m'avait donné Femme-des-Esprits les empêchait de me tomber dans les yeux.

La découverte de mes racines noires détourna les femmes de leur projet. Elles se précipitèrent vers l'Ancien pour lui rapporter le fait. C'était un homme d'âge mûr, silencieux et bâti en athlète. Nous marchions depuis peu de temps mais j'avais pu observer la sincérité avec laquelle il s'adressait aux membres du groupe et remerciait chacun pour l'aide qu'il apportait. Je comprenais très bien pourquoi il était le chef.

Il me rappelait un curieux souvenir. Quelques années auparavant, je me trouvais dans le vestibule de la Southwestern Bell, à Saint Louis. Il était sept heures du matin et il pleuvait tellement que le concierge, occupé à laver le sol de marbre, m'avait permis d'entrer m'abriter un instant. Une longue automobile noire s'arrêta devant la porte et le président de la Texas Bell entra. En me voyant, il fit un signe de tête dans ma direction, puis, après avoir dit bonjour à l'homme de peine, il lui adressa quelques mots de félicitations. Il appréciait son dévouement ; grâce à lui on pouvait accueillir en toute quiétude n'importe quel visiteur de marque, l'immeuble serait toujours étincelant de propreté. Je sentis que ses propos étaient sincères. Je n'étais que spectatrice, mais je voyais la fierté illuminer le visage du concierge. Les grands meneurs, partout dans le monde, possèdent quelque chose de commun. Mon père me disait toujours : « Les gens ne travaillent pas pour une entreprise, ils travaillent pour quelqu'un. » Et toutes les actions de l'Ancien de la tribu traduisaient ses qualités de dirigeant.

Lorsque l'Ancien eut constaté l'étrange réalité de la Mutante blonde aux racines noires, il laissa tous les autres examiner le prodige. Les yeux brillants, ils souriaient de plaisir. Ooota

92

m'expliqua qu'ils me sentaient devenir de plus en plus aborigène.

Quand le plaisir fut épuisé, le petit comité de femmes revint à la charge, nattant mes mèches de cheveux et les entremêlant avec des graines, des gousses, des herbes et un tendon de kangourou. Quand elles eurent terminé, une extraordinaire coiffure était posée sur ma tête, comme une couronne. D'un bandeau pendillaient tout autour, jusqu'à la hauteur du menton, les longues mèches auxquelles étaient accrochés les objets. Elles m'expliquèrent que les chapeaux de pêcheurs australiens garnis de flotteurs de liège communément portés par les amateurs de pêche sportive sont conçus d'après ce très ancien procédé aborigène de protection contre les mouches.

Plus tard dans la journée, quand les mouches de brousse déferlèrent, ma couronne et ses pendeloques me parurent une bénédiction.

Une autre fois, comme nous étions assaillis par une horde d'insectes volants qui mordaient, on me frotta d'huile de serpent et de cendres du foyer et l'on m'ordonna de me rouler dans le sable. Ce traitement découragea les bestioles, et ce résultat valait bien que l'on se déguise. Mais les mouches me pénétraient dans les oreilles et ces insectes qui se promenaient à l'intérieur de ma tête me martyrisaient.

Je demandai à plusieurs membres de la tribu comment ils pouvaient supporter de rester là, détendus, en laissant les mouches grouiller sur leur corps. Ils me sourirent. Puis on m'avertit que le chef, Cygne-Royal, désirait me parler.

– Comprends-tu ce que signifie « pour toujours » ? me demanda-t-il. C'est un temps très long, c'est l'éternité. Nous savons que, dans votre société, vous transportez le temps à votre poignet et faites les choses d'après des horaires, c'est pourquoi je te demande : sais-tu combien de temps signifie « pour toujours » ?

– Oui, dis-je. Je connais la notion d'éternité.

– Bien. Alors, nous pouvons te dire quelque chose. Il n'existe ni caprices du sort, ni bizarreries, ni accidents. Il n'y a que des choses que les humains ne comprennent pas. Tu crois que les mouches du désert sont nuisibles, sont l'enfer, mais c'est parce que tu es privée de compréhension et de sagesse. En vérité, ces créatures sont nécessaires et utiles. Elles rampent dans tes oreilles et nettoient le sable et le cérumen qui s'accumulent pendant la nuit. Tu constates que notre audition est parfaite, non ? Elles entrent dans nos narines et les nettoient aussi.

Il pointa le doigt vers mon nez et reprit :

– Tu as de très petits trous, pas un gros nez de koala comme nous. Comme il va faire de plus en plus chaud, tu vas souffrir beaucoup si ton nez n'est pas propre. Par forte chaleur, on ne doit pas ouvrir la bouche pour respirer. Tu vois, de nous tous, tu es bien la personne qui a le plus besoin d'avoir le nez propre ! Les mouches courent sur notre corps et le débarrassent de tout ce qu'il a éliminé.

Il étendit le bras.

– Regarde comme notre peau est lisse et douce et regarde la tienne. Nous n'avions jamais vu quelqu'un changer de couleur rien qu'en marchant. Quand tu es arrivée, tu étais d'une couleur, puis tu es devenue rouge vif et maintenant tu te dessèches et tu diminues. Tous les jours, tu deviens de plus en plus menue. Nous n'avons jamais vu quelqu'un perdre sa peau sur le sable comme un serpent. Tu as besoin des mouches pour te nettoyer la peau et un jour nous passerons à l'endroit où les mouches auront déposé leurs larves et nous aurons un repas.

Il poussa un profond soupir et me regarda avec intensité :

– Les humains ne peuvent exister si tout ce qui est déplaisant est écarté au lieu d'être compris. Quand les mouches viennent à nous, nous nous soumettons. Peut-être es-tu prête à en faire autant.

Peu après, lorsqu'un déferlement de mouches vrombissantes s'annonça, je détachai le bandeau de protection suspendu à ma taille, l'examinai, puis décidai de faire ce que mes compagnons m'avaient suggéré. Les mouches arrivèrent et moi, je m'envolai. Je partis en esprit pour New York, dans une de ces « fermes de santé » très coûteuses où, les yeux fermés, je sentis qu'une esthéticienne me nettoyait les oreilles et les narines. Je voyais, affiché au mur, le diplôme de cette adroite technicienne. Je sentais les centaines de tampons d'ouate minuscules qui nettoyaient mon corps. Puis les insectes se dispersèrent et je revins dans le désert. C'était donc vrai : dans certaines circonstances, la bonne réponse consiste à se soumettre.

Je m'interrogeai : que percevais-je d'autre, dans ma vie, comme erroné ou difficile au lieu d'essayer de réfléchir à sa finalité ?

Pendant toute cette période, l'absence de miroir semble avoir eu une forte influence sur ma prise de conscience. J'avais l'impression de marcher dans une capsule pourvue de hublots. Je regardais sans cesse au-dehors, je regardais les autres, je regardais quel rapport ils entretenaient avec ce que je faisais ou ce que je disais. Pour la première fois, il me semblait que ma vie était parfaitement honnête. Je ne portais pas les vêtements qu'on s'attendait à me voir porter dans mon milieu professionnel. Je n'avais pas de maquillage. Mon nez avait pelé une douzaine de fois. Il n'y avait aucune affectation, mon moi n'essayait pas d'attirer l'attention. Le groupe ne s'adonnait pas aux commérages et personne ne se livrait à de quelconques manœuvres.

Sans miroir pour m'épouvanter et me replonger dans la réalité, je me sentais belle. Je ne l'étais pas, bien sûr, mais c'est l'impression que j'avais. Les gens m'acceptaient telle que j'étais, je me sentais incluse dans le groupe et en même temps unique et merveilleuse. J'expérimentais un état d'acceptation totale, inconditionnelle.

Je m'endormis sur mon matelas de sable, avec dans la tête une phrase de Blanche-Neige, surgie de mon enfance :

Petit miroir, petit miroir,
Quelle est la plus belle à voir ?

10

BIJOUX

Plus nous avancions, plus il faisait chaud. Et plus il faisait chaud, plus la végétation et la vie semblaient diminuer. Nous marchions sur un terrain sablonneux semé çà et là de touffes de hautes tiges desséchées, mortes. On ne voyait rien dans le lointain, ni montagnes ni arbres. Rien. Rien que du sable, encore du sable et des herbes des sables.

Pour la première fois, ce jour-là, nous emportâmes un bâton à feu, un tison que l'on garde allumé en le balançant doucement. Dans le désert, où la végétation est précieuse, toutes les astuces sont bonnes pour assurer la survie et le bâton à feu permet d'allumer le feu du campement quand l'herbe sèche manque. Je vis aussi les membres du groupe ramasser les excréments des animaux du désert, en particulier des dingos, qui constituent un combustible excellent et inodore.

On me rappela que chacun possède plusieurs talents. Ces gens passent leur vie à s'explorer eux-mêmes en tant que musiciens, guérisseurs, cuisiniers, conteurs, etc., et à s'attribuer de nouveaux noms et des promotions. Ma première participation tribale à l'exploration de mes talents fut de me qualifier moi-même avec dérision de Ramasseuse de crottin.

Pendant notre marche, une adorable jeune fille s'écarta de la file pour pénétrer dans une touffe de grandes herbes sèches et, quand elle en ressortit, elle portait comme par magie une magnifique fleur jaune au bout d'une longue tige. Elle se l'attacha autour du cou, si bien que la corolle dansait sur sa poitrine comme un bijou précieux. Les membres de la tribu l'entourèrent pour lui dire qu'elle était charmante et qu'elle avait fait le bon choix. Toute la journée, on la complimenta. Le plaisir de se sentir tout spécialement jolie illuminait son visage.

Tandis que je la regardais, un souvenir me revint. Peu avant mon départ des États-Unis, une patiente qui souffrait d'un grave stress était venue me voir à mon cabinet et, répondant à mes questions sur les événements récents de sa vie, elle m'avait raconté que sa compagnie d'assurances venait d'augmenter de huit cents dollars la police d'assurance-vol pour un de ses colliers de diamants. Elle avait trouvé quelqu'un à New York qui s'était engagé à lui fabriquer une copie parfaite de son collier. Elle s'apprêtait à s'y rendre, à séjourner là-bas jusqu'à ce que la copie soit prête et à rentrer chez elle pour enfermer l'original dans son coffre à la banque. Cela ne l'empêcherait ni de payer une forte prime d'assurance, ni même d'avoir à s'assurer, parce que la meilleure banque n'offre pas une garantie de sécurité absolue, mais le montant de la police serait considérablement réduit. Quand je lui parlai de la prochaine soirée officielle de la municipalité, elle me répondit qu'elle porterait la copie.

Au soir de notre journée dans le désert, la jeune fille du Vrai Peuple déposa la fleur sur le sol pour la laisser retourner à notre Mère la Terre. Elle avait joué son rôle. La jeune fille lui en était reconnaissante et garderait en mémoire le souvenir de l'attention de tous. Elle avait eu confirmation qu'elle était très séduisante, mais elle ne s'était pas attachée à l'objet qui lui avait procuré ce plaisir. La fleur pouvait se faner, mourir, redevenir humus et être recyclée. Je repensai à ma patiente et à son retour chez elle, puis à la jeune Aborigène. Le bijou de cette dernière avait une signification, les nôtres n'ont qu'une valeur vénale.

Il est sûr que, dans ce monde, il y a des sociétés qui se trompent de système de valeurs, me dis-je, mais je ne crois pas que l'erreur soit ici, en Australie, chez les soi-disant primitifs de cette Terre de Nulle-Part.

11

SAUCE

L'air était totalement immobile. J'avais une conscience aiguë de mon corps et, tout en marchant, je sentais les cals de mes pieds s'épaissir au fur et à mesure que les couches de peau se transformaient en corne.

Nous nous arrêtâmes brusquement. Par terre, devant nous, deux bâtons avaient autrefois marqué l'emplacement d'une tombe. Il n'y avait plus de croix car les liens avaient pourri et les deux morceaux de bois, un long et un court, gisaient sur le sol. Faiseur-d'Outils les ramassa, les disposa en croix et, tirant de son petit sac une lanière de peau, il l'entortilla avec soin autour de la jonction. Plusieurs membres du groupe allèrent chercher de grosses pierres non loin de là et les disposèrent en ovale sur le sable. Puis ils plantèrent la croix.

– Est-ce une tombe tribale ? demandai-je à Ooota.

– Non, c'est la tombe d'un Mutant, et elle est là depuis très, très longtemps. Elle est oubliée de votre peuple et peut-être même du survivant qui l'a creusée.

– Alors, pourquoi la remettez-vous en état ?

– Pourquoi pas ? Nous ne comprenons, n'approuvons et n'acceptons pas vos façons d'agir, mais nous ne jugeons pas. Nous respectons votre situation. Vous êtes où vous devez être, étant donné vos choix passés et votre libre arbitre actuel. Ce lieu nous sert, comme les autres sites sacrés, à marquer une pause, à réfléchir et à réaffirmer nos liens avec l'Unité divine et avec toute vie. Il ne reste rien ici, vois-tu, même pas des ossements ! Mais ma nation respecte ta nation. Nous bénissons la tombe, puis nous la quittons et devenons meilleurs pour être passés par ici.

Durant tout l'après-midi, je réfléchis sur moi-même et examinai les décombres de mon passé. C'était une vilaine besogne, redoutable, voire dangereuse. Je trouvai des tonnes de vieilles habitudes, d'anciennes croyances que je défendais depuis toujours en brandissant le glaive des droits acquis. Mais me serais-je arrêtée pour arranger une tombe juive ou bouddhiste ? Je me rappelai ma fureur un jour que je m'étais trouvée coincée dans un embouteillage créé par des fidèles à la sortie d'un temple. Aurais-je maintenant l'intelligence de garder mon calme, de ne pas juger et de laisser les autres suivre leur voie, avec ma bénédiction ? Je commençais à comprendre que, tout en donnant automatiquement à ceux que nous rencontrons, nous choisissons ce que nous leur donnons. Par nos paroles et nos actes, nous devrions composer, de manière consciente, le décor de la vie que nous souhaitons mener.

Une rafale de vent, soudain, passa sur mon corps, effleurant ma peau à vif comme une langue de chat râpeuse. Cela ne dura que quelques secondes mais je compris qu'honorer des traditions et des valeurs que je ne comprenais pas et auxquelles je n'adhérais pas ne serait pas facile mais m'apporterait d'immenses bienfaits.

Quand la pleine lune trôna dans le ciel, nous nous rassemblâmes autour du feu. Une lueur orangée baignait nos visages tandis que nous parlions nourriture. C'était un dialogue ouvert : on m'interrogeait et je m'efforçais de répondre le mieux possible. Mes compagnons buvaient mes paroles. Je leur parlai des pommes, des variétés hybrides que nous avons créées, de la compote et des bonnes vieilles tartes maison. Ils se promirent de me trouver des pommes sauvages pour que j'essaie. J'appris que le Vrai Peuple, à l'origine, était végétarien et qu'il n'avait consommé pendant des siècles que des fruits sauvages, des ignames, des baies, des noix et des graines. On ajoutait parfois des œufs et du poisson, quand ces aliments s'offraient, prêts à devenir une partie du corps aborigène. La tribu préférait ne pas manger de choses pourvues de « visages ». Elle avait toujours écrasé le grain, mais ce n'était que depuis qu'elle avait été chassée des régions côtières vers l'intérieur que la consommation de viande était devenue nécessaire.

Je décrivis un restaurant, la présentation des mets sur des plats décorés. Je parlai des sauces et j'acceptai de faire un essai. Naturellement, nous n'avions pas de casserole. Pour le repas, nous avions préparé des bouchées de viande que nous avions ôtées des braises et posées sur le sable ; parfois on enfilait les morceaux sur des brochettes reposant sur des bâtons, et on faisait aussi, à l'occasion, une sorte de ragoût avec de la viande, des légumes, des herbes et un peu de notre précieuse eau. En regardant autour de moi, je vis une peau bien raclée, utilisée pour la nuit et, avec l'aide de Maîtresse-de-Couture, je façonnai une cuvette. Maîtresse-de-Couture portait, suspendu autour du cou, un sac spécial contenant des aiguilles en os et des tendons. Je fis fondre de la graisse animale au fond de la cuvette, ajoutai de la farine fraîchement moulue, de l'herbe à sel, des grains de poivre écrasés, de l'eau et versai la mixture épaissie sur la viande, qui se trouvait être ce soir-là du chlamydosaure, un bien étrange lézard à collerette. Ma sauce provoqua quelques grimaces et commentaires chez ceux qui la goûtèrent. Ils s'exprimèrent avec tact et leur réaction me renvoya quinze ans en arrière.

J'avais décidé de me présenter au concours de Mrs. America. Une des épreuves consistait à inventer une recette de ragoût originale, si bien que pendant deux semaines je m'exerçai à la

maison en mitonnant chaque jour un plat différent. Quatorze dîners familiaux furent consa-
crés à la consommation et à l'évaluation – goût,
aspect, texture – du plat du jour, afin de déterminer la recette la plus susceptible d'obtenir le
premier prix. Jamais mes enfants ne refusèrent
de goûter, mais ils devinrent vite des maîtres
dans l'art de traduire avec tact le fond de leur
pensée. Ils testèrent un bon nombre de saveurs
bizarres pour donner un coup de main à
Maman et, quand je remportai le titre de
Mrs. Kansas, ils s'écrièrent tous les deux :

– Nous avons battu le record des ragoûts !

Sur les visages de mes compagnons aborigènes, je voyais aujourd'hui se peindre les
mêmes expressions. Dans le désert, nous trouvions du plaisir dans tout ce que nous entrepre-
nions et ce plat suscita bien des plaisanteries.
Mais, consciente de la quête spirituelle qui
sous-tend tous les faits et gestes des membres
de la tribu, je ne fus pas étonnée d'entendre
quelqu'un dire que cette sauce était un symbole
du système de valeurs des Mutants. Au lieu de
vivre la vérité, les Mutants laissent les circonstances masquer la loi universelle sous une mixture de commodité, de matérialisme et
d'insécurité.

L'intéressant, dans leurs remarques et dans
leurs observations, est qu'à aucun moment je
ne me sentis critiquée ni jugée. Les Aborigènes
ne considèrent pas que mon peuple a tort et
qu'ils ont raison. Ils se comportent plutôt
comme un adulte qui regarde avec sollicitude

un enfant s'efforcer d'enfiler son pied droit dans son soulier gauche. Qui va vous dire que vous n'irez pas bien loin chaussé de travers ? Peut-être les oignons et les ampoules sont-ils le prix de l'apprentissage ! Mais cette souffrance paraît bien inutile à un être plus vieux et plus sage.

Nous parlâmes aussi des gâteaux d'anniversaire et de leur délicieux glaçage, et mes compagnons firent à ce sujet des analogies très intéressantes. À leurs yeux, le glaçage symbolise les activités superficielles, artificielles, provisoires, édulcorées auxquelles un Mutant consacre l'essentiel de sa vie. Ce qui nous laisse bien peu de temps pour nous demander qui nous sommes et pour essayer de découvrir l'éternité de notre être.

Quand je décrivis nos fêtes d'anniversaire à mes auditeurs, ils m'écoutèrent avec attention. Je parlai du gâteau, des chansons et des cadeaux, de la bougie qu'on ajoute chaque année. « Pourquoi faites-vous ça ? me demandèrent-ils. Pour nous, une célébration fête quelque chose de spécial. Qu'y a-t-il de spécial dans le fait de prendre de l'âge ? Cela n'exige aucun effort, cela arrive, voilà tout ! »

– Si avancer en âge n'est pas une occasion de fête, que célébrez-vous, alors ?

– Le fait de devenir meilleur. Nous fêtons celui qui, par rapport à l'année précédente, est devenu meilleur et plus sage. Comme chacun est seul à pouvoir juger de ses progrès, c'est lui qui dit aux autres que le moment est venu d'organiser la fête.

« Eh bien, pensai-je, je ferais bien de me souvenir de ça. »

La quantité et la variété des aliments sauvages à notre disposition étaient ahurissantes, de même que la façon dont ils se matérialisaient quand nous en avions besoin. Les régions les plus arides, qui ne paraissent pas recéler de végétation, sont trompeuses. Dans le sol dur sont enfouies des graines protégées par une enveloppe très épaisse. Quand viennent les pluies, elles prennent racine et le paysage se transforme. Mais, au bout de quelques jours, les plantes ont parcouru tout leur cycle, les vents dispersent les graines et la terre retrouve son aspect âpre et desséché.

Çà et là, près de la côte et dans les régions plus tropicales du Nord, nous nous préparâmes de copieux repas à partir d'une sorte de haricot et nous trouvâmes des fruits et du miel pour sucrer notre thé d'écorce de sassafras. Il nous arriva de récolter une autre écorce, mince comme du papier, qui nous servit pour nous abriter et pour emballer des aliments. Mâchonnée, elle possède également des propriétés médicinales : elle chasse le rhume, les maux de tête et la congestion des muqueuses.

Les feuilles de nombreuses plantes buissonnantes fournissent des huiles essentielles qui traitent des maladies bactériennes. Elles agissent comme des astringents, débarrassent l'organisme des infections et des parasites intestinaux. Le latex circulant dans certaines tiges de feuilles élimine les verrues, les cors et les cals.

D'autres plantes contiennent des alcaloïdes, comme la quinine. Les plantes aromatiques sont foulées et mises à macérer dans de l'eau jusqu'à ce que celle-ci change de couleur. On frotte alors le dos et la poitrine du malade avec le liquide, ou on le chauffe pour préparer des inhalations. Certaines plantes sont dépuratives, d'autres tonifient le système lymphatique et stimulent le système immunitaire. Un arbre qui ressemble à un petit saule fournit une substance dotée d'une partie des propriétés de l'aspirine : elle agit sur les petits malaises, soulage les entorses ou les fractures, les douleurs articulaires et musculaires. Elle guérit aussi certaines lésions de la peau. D'autres écorces sont employées pour soigner les dérangements intestinaux et l'on fabrique un sirop contre la toux avec une gomme sécrétée par un arbre.

Dans l'ensemble, les membres de cette tribu jouissent d'une excellente santé. Plus tard, j'ai pu identifier une fleur qu'ils mâchonnent souvent et qui se révèle active contre la bactérie de la fièvre typhoïde. Je me demande s'ils ne dopent pas de cette façon leur système immunitaire, un peu selon le principe de nos vaccins. Je sais qu'on a extrait d'un gros lycoperdon australien une substance anticancéreuse, la calvacine, actuellement étudiée en laboratoire. Une écorce renferme aussi une substance antitumorale, l'acronycine.

Depuis des siècles, la tribu connaît les propriétés du *Solanum aviculare* qui contient un stéroïde, la solasodine, utilisée dans les contraceptifs oraux. Car, pour les Aborigènes, m'affirma l'Ancien, les nouvelles vies surgissant au monde doivent être bienvenues, aimées, prévues et souhaitées. Donner la vie est un acte de création consciente. La naissance d'un enfant signifie que l'âme d'un semblable a reçu un corps terrestre. À la différence de nos sociétés, le Vrai Peuple n'attend pas des corps qu'ils soient sans défauts. C'est le joyau précieux et invisible à l'abri dans le corps qui est sans défaut et qui, en interaction avec les autres âmes, donne et reçoit l'aide nécessaire pour s'améliorer et progresser.

Je pense que si ces gens pratiquaient notre système de prière, ils prieraient pour l'enfant mal aimé et non pour l'enfant avorté. Toutes les âmes qui choisissent de faire l'expérience de la vie humaine sont ainsi honorées et, si ce n'est par parenté et dans des circonstances données, ce sera plus tard, à une autre époque. L'Ancien m'a confié aussi que le comportement sexuel déréglé de certaines tribus qui ne tiennent pas compte des naissances possibles est peut-être la plus grave régression infligée à l'humanité. Le Vrai Peuple croit que l'esprit entre dans le fœtus quand il signale sa présence en bougeant. Selon lui, un enfant mort-né est un corps qui n'a pas accueilli d'esprit.

La tribu connaît un tabac sauvage dont on fume les feuilles dans une pipe en certaines circonstances et elle sait parfaitement que cette substance rare, précieuse et euphorisante, peut entraîner une toxicomanie. Le tabac est symboliquement utilisé pour accueillir un visiteur et son emploi marque l'ouverture des meetings. Je rapproche ce respect pour le tabac des traditions amérindiennes. Mes amis indiens me parlaient souvent de la terre que nous foulons, me rappelant qu'elle est composée de la poussière de nos ancêtres. Ils me disaient aussi que les choses ne meurent pas vraiment mais qu'elles se transforment, que le corps humain retourne à la terre pour nourrir les plantes qui, à leur tour, permettent aux hommes de respirer. Ils semblent en savoir beaucoup plus sur la précieuse molécule d'oxygène indispensable à toute vie que la grande majorité des Américains.

La vision des membres du Vrai Peuple est d'une incroyable acuité. La rutine, pigment présent dans plusieurs de leurs plantes, est utilisée en pharmacologie pour traiter les fragilités capillaires et vasculaires de l'œil. Au cours des milliers d'années durant lesquelles les Aborigènes ont eu l'Australie pour eux seuls, il semble bien qu'ils ont étudié l'action des aliments sur l'organisme.

Un des problèmes posés par l'alimentation dans le bush australien est l'abondance des plantes toxiques. Les Aborigènes les connaissent et savent en éliminer les parties dangereuses, mais ils m'ont confié leur tristesse à l'idée que certaines tribus, revenues à un comportement agressif, ont, au cours de leur histoire, employé ces poisons contre leurs ennemis humains.

110

Lorsque j'eus voyagé avec le groupe pendant un temps suffisant pour que ma sincérité ne fût plus mise en doute et que mes investigations fussent jugées nécessaires à ma compréhension, j'abordai le sujet du cannibalisme. J'avais lu des récits et entendu mes amis australiens plaisanter au sujet d'Aborigènes dévorant des gens et même leurs propres bébés. Était-ce vrai ?

Oui. Depuis l'origine des temps, les humains ont tout essayé et même ici, sur ce continent, on ne pouvait les en empêcher. Des tribus aborigènes ont eu des rois, d'autres ont été gouvernées par des femmes, certaines kidnappaient des membres d'autres tribus ou mangeaient de la chair humaine. Les Mutants tuent puis s'éloignent, abandonnant les cadavres. Les cannibales tuaient et utilisaient les cadavres pour nourrir la vie. Des deux attitudes, aucune n'est meilleure ni pire que l'autre, un meurtre reste un meurtre, qu'il soit pratiqué pour se protéger, se venger, pour se nourrir ou par convenance personnelle. Le Vrai Peuple ne tue pas autrui, c'est ce qui le différencie des créatures humaines qui ont muté.

– Il n'y a aucune moralité dans la guerre, m'expliqua-t-on. Mais les cannibales n'ont jamais tué en un jour plus de gens qu'ils ne pouvaient en manger. Dans vos guerres, des milliers de personnes meurent en quelques minutes. Peut-être pourriez-vous suggérer à vos dirigeants que les deux nations en guerre limitent le combat à cinq minutes ? Puis, ils laisseraient les familles venir sur le champ de bataille ramasser les restes de leurs enfants, afin de les apporter à la maison pour les pleurer et les enterrer. Après ça, vous verriez si les deux parties souhaitent s'engager dans un nouveau combat de cinq minutes.

Cette nuit-là, allongée sur la mince peau qui défendait ma bouche et mes yeux contre le sable, je songeai à quelles extrémités était déjà parvenue l'humanité et à quelles terrifiantes dérives nous nous étions laissés aller.

12

ENTERRÉE VIVANTE

La communication n'était pas facile et j'avais du mal à articuler les mots de la langue tribale, dont certains étaient très longs, par exemple les noms de tribus : Pitjantjatjara ou Yankuntjatjara. J'ai confondu longtemps certaines sonorités jusqu'à ce que j'aie appris à écouter très attentivement. Les scientifiques ne sont pas d'accord sur la translittération des mots aborigènes. Certains utilisent les *b*, *dj*, *d* et *g*, là où d'autres emploient les *p*, *t*, *tj* et *k*. Personne n'a raison ou tort puisque les Aborigènes eux-mêmes n'utilisent pas d'alphabet et les débats entre experts ne sauraient aboutir.

Mon plus grand problème était que la tribu avec laquelle je voyageais multipliait les nasales, que j'avais de la peine à produire. Pour énoncer « ny », j'appris à pousser ma langue contre mes molaires. Vous comprendrez ce que je veux dire en prononçant à l'anglaise le mot « indian ». Il y a aussi un son très particulier, émis en élevant la langue et en la projetant très vite vers l'avant. Quand les Aborigènes chantent, les sons sont souvent très doux et musicaux, mais, par ce mouvement de langue, ils produisent des sons saccadés et puissants.

Pour désigner le sol du désert, le Vrai Peuple dispose de plus de vingt mots qui décrivent les textures et les types de sol et de sable. Quelques-uns sont faciles, comme *kupi*, l'eau.

Mes compagnons aimaient beaucoup que je leur enseigne certains termes de mon vocabulaire, et ils les mémorisaient plus aisément que je ne retenais les leurs. Comme j'étais leur invitée, j'utilisais la méthode qui me paraissait la plus facile pour eux. Dans les livres que Geoff m'avait procurés, j'avais lu que, lorsque la colonie anglaise s'était installée en Australie, il existait plus de deux cents langues aborigènes différentes et six cents dialectes, mais aucun livre ne mentionnait la communication silencieuse ou par gestes. Nous utilisions un langage des signes rudimentaire qui, pendant la journée, était pour moi la seule possibilité d'échange avec mes compagnons car ils étaient à l'évidence occupés à communiquer sans paroles et à se raconter des histoires par télépathie. Il me semblait plus poli de faire un signe à la personne qui marchait près de moi que de la déranger en lui parlant. Nous utilisions le signe des doigts qui, partout dans le monde, signifie « viens voir », levions la paume pour « arrête » et posions le doigt sur les lèvres pour « chut ». Durant les premières semaines, on dut souvent me dire de me taire, mais je finis par apprendre à poser moins de questions et à attendre qu'on me permette de partager le savoir du groupe.

Un jour, je déclenchai un fou rire général. Un insecte m'avait piquée et je me grattais en marchant. Tous pouffaient, en faisant des grimaces et en m'imitant. Le geste que je faisais signifie qu'on a repéré un crocodile. Or, nous étions à trois cent cinquante kilomètres du marécage le plus proche.

Alors que le voyage durait depuis plusieurs semaines, je pris conscience que j'étais observée : quand je m'isolais, des yeux me surveillaient et, plus la nuit était sombre, plus les yeux grandissaient. À la fin, les silhouettes devinrent plus nettes et je reconnus la bande de dingos sauvages qui suivait notre piste.

Paniquée, je regagnai le campement en courant et racontai ma découverte à Ooota. Celui-ci, à son tour, informa l'Ancien. D'autres vinrent se joindre à nous pour examiner le problème. J'attendais qu'ils parlent, parce que j'avais appris que le Vrai Peuple ne commence pas par parler mais qu'il réfléchit toujours avant. J'aurais pu compter lentement jusqu'à dix avant qu'Ooota se décide à me traduire leur conclusion : c'était à cause de mon odeur. Je sentais mauvais, effectivement. Je m'en rendais compte moi-même et je voyais bien à l'expression des visages que les autres percevaient aussi mon odeur. Hélas, je n'avais aucune solution. L'eau était si rare que nous ne pouvions en gâcher une seule goutte pour la toilette et, d'ailleurs, nous n'avions pas de bassine. Mes compagnons n'exhalaient pas cette puanteur. Je souffrais du problème et ils en souffraient à cause de moi. Je pense que l'odeur était due en partie à mes plaies et à mes brûlures solaires, qui desquamaient en permanence, et aussi à la combustion de mes graisses de réserve qui utilisait beaucoup d'énergie. Je perdais du poids tous les jours et je n'avais ni déodorant ni papier toilette. Je remarquai aussi autre chose : peu après le repas, mes compagnons allaient se soulager dans le désert et leurs excréments n'avaient certainement pas l'odeur forte et nauséabonde que nous associons à ce genre de déchet dans nos sociétés. Après cinquante ans d'une alimentation dite civilisée, il me faudrait pas mal de temps pour me désintoxiquer, mais, si je restais dans le désert, ma foi, j'étais sur la bonne voie.

Je n'oublierai jamais la façon dont l'Ancien m'expliqua la situation et la solution qui fut mise en œuvre. Pour eux-mêmes, ce n'était pas un problème : ils m'avaient acceptée pour le meilleur et pour le pire. Mais ils s'inquiétaient pour les pauvres bêtes : je les perturbais. Les dingos, me dit Ooota, devaient croire que la tribu transportait une charogne quelconque et ça les rendait fous. Je ne pus m'empêcher de rire car, en vérité, je dégageais bien l'odeur d'un vieux morceau de bifteck abandonné au soleil.

Je répondis que toute aide serait la bienvenue. Si bien que le lendemain, à l'heure la plus chaude du jour, nous creusâmes une tranchée à quarante-cinq degrés dans le sol et je m'y allongeai. Puis on me recouvrit complètement de sable en ne laissant que mon visage à découvert. On me fit de l'ombre et je restai là deux heures.

Être enterrée, impuissante, incapable de bouger un muscle, vous laisse une impression mémorable. Ce fut encore une sacrée expérience, pour moi. Si mes compagnons m'avaient abandonnée, je serais devenue un squelette, là, à cet endroit même. Au début, je m'inquiétai à l'idée qu'un lézard, ou un serpent, ou un rat du désert puissent venir se promener sur mon visage. Pour la première fois de ma vie, j'étais comme le paralysé qui décide de déplacer un membre, ordonne à son bras ou à sa jambe de bouger et n'obtient aucune réaction. Mais une fois que je me fus détendue, yeux fermés, et concentrée sur l'idée des toxines éliminées par mon corps et des éléments rafraîchissants et purifiants du sol absorbés en échange, le temps passa vite.

Je goûtais réellement le proverbe : « Nécessité est mère de l'invention. »

Et ce fut un succès ! J'abandonnai mon odeur dans la terre.

13

GUÉRISON

La saison des pluies approchait. Un jour, un nuage apparut et resta visible pendant quelque temps. C'était un événement rare qui fut très apprécié. Parfois, nous marchions dans son ombre, et la vision que nous en avions devait s'apparenter à celle d'une fourmi qui voit la semelle d'une botte au-dessus d'elle. C'était si agréable d'être parmi des adultes qui n'ont pas perdu le sens enfantin du jeu. Mes compagnons couraient devant l'ombre, en plein soleil, et taquinaient le nuage en lui disant que les jambes du vent marchaient bien lentement. Puis ils revenaient à l'ombre et m'expliquaient quel merveilleux cadeau l'Unité divine faisait aux humains, avec cet air frais. Ce fut une journée pleine de gaieté et d'enjouement. Vers le soir, pourtant, la tragédie fondit sur nous. Ou, du moins, ce que j'interprétai d'abord comme une tragédie.

Il y avait parmi nous un jeune homme d'une vingtaine d'années, appelé Grand-Chasseur-de-Pierres, dont le talent consistait à savoir trouver des pierres précieuses. Il venait d'ajouter « Grand » à son nom, parce qu'au fil des ans il avait découvert d'énormes opales et même des pépites d'or dans les régions minières abandonnées par les compagnies commerciales. Le Vrai Peuple, à l'origine, ne s'intéressait pas aux métaux précieux : ça ne se mange pas et, dans un pays sans marchés, on ne peut pas acheter de nourriture avec. Ces trouvailles n'étaient appréciées que pour leur beauté et les services qu'elles pouvaient rendre. Les Aborigènes avaient cependant remarqué que les Blancs, eux, s'y intéressaient et cet intérêt leur paraissait encore plus étonnant que l'étrange croyance qu'on peut posséder et vendre de la terre. Les pierres précieuses ont cependant une utilité : elles permettent de financer le voyage des éclaireurs qui, périodiquement, vont en ville et reviennent faire leur rapport.

Grand-Chasseur-de-Pierres ne s'aventurait jamais près des exploitations en activité, car il était hanté par les histoires d'autrefois, de l'époque où son peuple était obligé de travailler à la mine : les ouvriers y entraient le lundi et en sortaient à la fin de la semaine. Les quatre cinquièmes mouraient. Comme ils étaient en général accusés d'un méfait quelconque, ils étaient condamnés aux travaux forcés. Ils avaient alors des quotas à respecter et, souvent, femmes et enfants devaient venir travailler avec les forçats car trois personnes avaient plus de chances de fournir le quota exigé qu'une seule. On prétextait souvent une infraction minime pour prolonger les peines et les Aborigènes n'avaient aucun moyen de s'y dérober. Cette atteinte dégradante à la vie humaine, au corps humain était absolument légale.

Grand-Chasseur-de-Pierres marchait au bord d'une falaise quand celle-ci céda sous son poids et il tomba, à environ six mètres en contrebas, sur un plan rocheux. Le terrain que nous foulions était composé de larges dalles de granit lisse et d'étendues caillouteuses.

À l'époque, les cals épais qui s'étaient développés sur la plante de mes pieds et mes talons me protégeaient, mais pas encore assez, contre les pierres coupantes et, en marchant, je ne pensais qu'à ça. Je me rappelais mon placard bourré de paires de chaussures parmi lesquelles des chaussures de randonnée et de jogging. J'entendis Grand-Chasseur-de-Pierres crier quand il tomba. Nous courûmes vers le bord et nous penchâmes. Il gisait, tassé sur lui-même dans une mare de sang qui s'élargissait peu à peu. Plusieurs personnes descendirent dans la gorge et, en se relayant, remontèrent le blessé.. Je pense que, suspendu à un ballon, il ne serait pas remonté plus vite. Les mains soutenaient son corps comme un chemin de roulement dans une usine.

Quand il fut allongé sur une dalle lisse, nous vîmes clairement sa blessure. C'était une très vilaine fracture multiple de la jambe. Le tibia, qui avait déchiré la peau, pointait et dépassait à l'extérieur de cinq centimètres environ, comme une grosse défense de sanglier. Un bandeau entoura aussitôt la cuisse. Homme-Docteur et Femme-Guérisseuse se placèrent de part et d'autre du blessé tandis que les autres membres de la tribu installaient le campement pour la nuit.

Je m'approchai du corps allongé.

– Puis-je regarder ? demandai-je.

Homme-Docteur déplaçait les mains du haut en bas de la jambe cassée, à deux centimètres de distance environ, avec régularité et douceur, d'abord parallèlement, puis une main descendant tandis que l'autre remontait. Femme-Guérisseuse me sourit, dit quelque chose à Ooota, qui me traduisit le message :

– Ceci est pour toi. On nous a dit que ton talent, dans ton peuple, était celui de femme-guérisseuse.

– Si l'on veut, répondis-je.

En réalité, je n'ai jamais vraiment cru que la guérison est le fait du médecin ou de son arsenal thérapeutique, parce que j'ai appris, il y a bien des années, pendant ma poliomyélite, que la guérison n'a qu'une seule source. Un médecin aide le corps en le débarrassant éventuellement des particules étrangères, en injectant des substances chimiques, en réduisant les fractures et les luxations, mais cela ne signifie pas que le corps guérira. En fait, je suis convaincue qu'un médecin n'a jamais guéri personne, nulle part. Le guérisseur est en chacun de nous. Au mieux, le médecin est celui qui s'est reconnu un talent, l'a développé et a le privilège de servir la communauté en faisant ce qu'il sait et aime le mieux faire.

Mais ce n'était pas le moment de discuter et j'acceptai la formulation de Ooota : oui, ma société me considérait comme une femme-guérisseuse.

On m'expliqua que le mouvement des mains vers le haut et vers le bas, juste au-dessus de la zone traumatisée, mais sans la toucher, visait à recomposer la forme de la jambe saine et à éviter l'œdème durant la phase de guérison. Homme-Docteur sollicitait la mémoire de l'os, lui rappelait sa vraie nature d'os sain. Cette manœuvre annulait le choc créé par la cassure brutale et le déplacement de l'os par rapport à la position qu'il maintenait depuis trente ans. C'était une façon de « parler » à l'os.

Puis, les trois personnages principaux du drame, le blessé allongé sur le dos, Homme-Docteur à ses pieds et Femme-Guérisseuse agenouillée à côté de lui, commencèrent à psalmodier, comme s'ils priaient. Homme-Docteur entoura la cheville de ses mains, mais sans toucher le pied ni tirer dessus, me sembla-t-il. Femme-Guérisseuse fit de même autour du genou. Ils chantaient chacun un chant différent. Un moment, ils élevèrent la voix et crièrent quelque chose à l'unisson. Ils effectuèrent sûrement une traction, mais je ne la vis pas. L'os rentra dans la chair et se remit en place, tout simplement. Homme-Docteur rabattit la peau déchirée sur la plaie et fit un geste en direction de Femme-Guérisseuse. Aussitôt, celle-ci détacha le long tube bizarre qu'elle transportait en permanence.

Plusieurs semaines auparavant, j'avais demandé à Femme-Guérisseuse comment les femmes se débrouillaient pendant leurs règles et elle m'avait montré des tampons périodiques faits de roseaux, de paille et de duvet d'oiseau. De temps en temps, je voyais une femme s'éloigner du groupe et s'isoler un moment dans le désert pour placer cette garniture. Elles enterraient ensuite l'objet souillé, tout comme les excréments, à la façon des chats. Il m'était cependant arrivé de voir une femme revenir du désert en tenant dans sa main quelque chose qu'elle donnait à Femme-Guérisseuse. Celle-ci débouchait son long tube tapissé de feuilles, ces mêmes feuilles qui soignaient mes coups de soleil ainsi que les coupures et les ampoules de mes pieds. Quand j'étais près d'elle, mes narines captaient des bouffées d'une terrible puanteur. Je finis par découvrir que les objets ainsi secrètement mis en réserve étaient de gros caillots de sang menstruel.

Ce jour-là, Femme-Guérisseuse n'ouvrit pas le haut de son tube mais le fond et aucune odeur nauséabonde ne se dégagea. Elle pressa sur le tube et il en sortit une sorte de goudron noir très épais et brillant, dont elle se servit pour sceller les bords de la plaie. Elle la colmata, littéralement, en barbouillant toute la surface blessée. Il n'y eut ni bandage, ni broche, ni attelle, ni béquille, ni suture.

Bientôt, le choc de l'accident oublié, nous mangions avec appétit. Toute la soirée, plusieurs personnes se succédèrent auprès de Grand-Chasseur-de-Pierres pour lui tenir la tête sur leurs genoux de façon qu'il puisse mieux voir, depuis son lit de repos. Je pris mon tour : je voulais tâter son front pour savoir s'il avait de la fièvre. Je souhaitais aussi me rapprocher de cet homme qui s'était apparemment prêté à une démonstration de guérison à mon intention. La tête sur mes genoux, il leva les yeux et me fit un clin d'œil.

Le lendemain matin, Grand-Chasseur-de-Pierres se leva et marcha avec nous. Il ne boitait même pas. Le rituel pratiqué, me dit-on, visait à soulager le stress osseux et empêcher l'œdème. La réussite était flagrante. Pendant plusieurs jours, je surveillai la jambe blessée et vis l'emplâtre noirâtre se dessécher et se décoller peu à peu. Cinq jours plus tard, il était tombé et, à la place de la plaie par où l'os était sorti, je ne voyais plus qu'une mince cicatrice. Cet homme pesait plus de 70 kilos. Comment pouvait-il se tenir debout, sans soutien, et peser sur cet os gravement endommagé sans qu'il cède à nouveau ?... Cela tenait du miracle. Je savais bien que la tribu était en excellente santé, mais elle possédait aussi, semblait-il, le talent bien spécial de faire face aux urgences.

Ces gens aux dons de guérisseurs n'ont pas étudié la biochimie ou la pathologie mais ils

124

possèdent un autre pouvoir : ils sont dans la vérité et dans le sens, et ils ont la vocation du bien-être.

Femme-Guérisseuse me demanda :

– Comprends-tu ce que signifie « pour toujours » ?

– Oui.

– Tu en en sûre ?

– Oui.

– Alors, nous pouvons te dire quelque chose de plus. Les humains ne sont que des esprits en visite dans ce monde et les esprits sont éternels. Les rencontres avec les autres sont des expériences et les expériences sont des relations éternelles. Le Vrai Peuple boucle la boucle de chaque expérience. Nous ne la laissons pas s'effilocher, inachevée, comme le font les Mutants. Quand tu t'en vas en gardant au fond du cœur de mauvaises pensées envers une personne et que le cercle n'est pas fermé, la chose se répétera plus tard dans ta vie et tu ne souffriras pas une seule fois mais maintes et maintes fois jusqu'à ce que tu aies appris la leçon. Il est bon d'observer ce qui se passe, d'apprendre et de s'assagir. Il est bon de rendre grâces, comme vous dites, de bénir, de partir en paix.

Je ne sais pas si cet os a guéri rapidement ou non, je n'avais pas de radiographies pour le vérifier et le blessé n'était pas superman, mais un homme, tout simplement. Pour moi, cela n'a pas d'importance. Il ne souffrait pas, il ne subissait pas d'effets secondaires et, pour lui comme pour ses compagnons, l'expérience était achevée. Nous marchions tous en paix, devenus, espérons-le, un peu plus sages. La boucle était bouclée. Nous n'accordâmes plus à l'incident ni énergie, ni temps, ni attention.

Ooota m'affirma que l'accident n'avait pas été prémédité. La tribu avait seulement déclaré que, si c'était pour le bien de toute vie, ils étaient d'accord pour une expérience qui me permettrait de m'instruire en assistant à une guérison. Ils ne savaient pas si l'épreuve allait se présenter et qui elle concernerait, mais ils étaient disposés à me donner l'occasion de cette expérience. Lorsqu'elle s'était produite, ils avaient été reconnaissants pour le don qu'il leur était permis de partager avec leur compagne Mutante.

Moi aussi je fus reconnaissante ce soir-là pour la permission qui m'avait été donnée d'accéder à la mystérieuse virginité d'esprit de ces êtres, soi-disant non civilisés. J'aurais bien voulu en savoir plus sur leurs méthodes de guérison, mais ne souhaitais pas assumer la responsabilité de leur infliger d'autres épreuves. Survivre dans le désert est déjà en soi une épreuve suffisante.

J'aurais dû me rappeler qu'ils lisaient dans mon esprit et entendaient mes requêtes avant que je ne les formule. Ce soir-là, nous discutâmes longuement des liens entre le corps physique, la partie éternelle de notre Être, et un élément nouveau, que nous n'avions pas encore abordé, le rôle des sentiments et des émotions dans la santé et le bien-être.

Les membres de la tribu croient que ce qui s'inscrit véritablement en nous est ce que nous ressentons du point de vue émotionnel. Cela s'imprime dans chaque cellule de notre corps, au cœur même de notre personnalité, dans notre esprit, dans notre Moi éternel. Là où certaines religions parlent de la nécessité de nourrir ceux qui ont faim et d'abreuver ceux qui ont soif, la tribu affirme que l'essentiel n'est ni la nourriture, ni la boisson offertes, ni ceux qui les reçoivent, mais le sentiment éprouvé quand on donne avec amour et générosité. Donner de l'eau à une plante ou à un animal mourants, ou leur prodiguer des encouragements éclaire autant notre connaissance de la vie et de notre Créateur que le fait de s'occuper d'une personne qui a soif ou faim. On abandonne ce plan d'existence porteurs d'une sorte de carte à puce qui a enregistré instant après instant notre façon de maîtriser les émotions. La différence entre le bon et le moins bon tient aux sentiments cachés qui occupent la partie éternelle de notre être. L'action n'est qu'une voie grâce à laquelle le sentiment, l'intention peuvent s'exprimer et être expérimentés.

En réduisant la fracture osseuse, les deux médecins aborigènes envoyaient au corps des pensées de perfection. Il se passait autant de choses dans leur tête et dans leur cœur que dans leurs mains. Le blessé était ouvert et réceptif, il croyait en une guérison immédiate et complète. Ce qui m'apparaissait comme un miracle était la norme pour la tribu. Je me demandai à quel point la souffrance des malades ou des mal-portants cramponnés à leur rôle victimaire, aux États-Unis, est due à une programmation émotionnelle, évidemment pas consciente, mais sur un plan totalement inconscient.

Que se passerait-il aux États-Unis si les médecins avaient autant de foi en la capacité de guérison du corps humain qu'ils en mettent dans le pouvoir des médicaments ? Le lien entre le patient et le médecin me paraît capital. Si un médecin ne croit pas en l'amélioration possible de la santé d'un patient, rien que cette pensée peut entraver la guérison. Je sais depuis longtemps que lorsqu'un médecin annonce à son malade qu'il n'y a pas de traitement, cela signifie plutôt qu'en raison de son éducation et de la formation qu'il a reçue, il ne dispose d'aucune thérapeutique, mais cela ne veut pas dire qu'il n'y a pas de traitement. Si une autre personne a pu surmonter cette maladie, c'est que le corps humain a la capacité de guérir. Au cours d'une longue discussion avec Homme-Docteur et Femme-Guérisseuse, d'extraordinaires et nouvelles perspectives s'ouvrirent à moi dans le domaine de la santé et de la maladie.

– La guérison n'est pas une question de temps, me dit-on, la guérison et la maladie surviennent en un éclair.

Des explications détaillées qui me furent données ensuite, je retins ceci. Notre corps est intact, en bonne santé, du point de vue cellulaire, lorsque brusquement survient un premier dérèglement, ou une anomalie, dans une partie d'une cellule. Il peut s'écouler plusieurs mois avant que des symptômes apparaissent ou qu'un diagnostic soit fait. Pour la guérison, le processus est inversé. Vous êtes malade, votre santé s'altère. Selon la société dans laquelle vous vivez, vous recevez un traitement donné. En un instant, le corps cesse de se dégrader et commence à guérir. Le Vrai Peuple pense que nous ne sommes pas des victimes de la maladie par hasard et que notre corps physique est le seul moyen que possède la conscience éternelle, en nous, de communiquer avec notre personnalité consciente. Quand l'activité du corps ralentit, nous devenons capables de nous observer, d'analyser les blessures vraiment importantes qu'il nous faut réparer: relations détériorées, brèches dans nos systèmes de croyance, noyaux de peur, fléchissement de notre foi envers le Créateur, endurcissement excessif et incapacité à pardonner, etc.

Dans le traitement des cancéreux, certains médecins américains se servent actuellement de l'imagerie mentale positive, et la plupart ne sont guère approuvés par leurs confrères. Ce qu'ils explorent est trop « nouveau ». Or, je voyais devant moi le plus vieux peuple de la terre employer des techniques transmises depuis la nuit des temps et démontrer leur valeur. Malgré cela, nous, les médecins soi-disant civilisés, refusons d'utiliser la transmission de pensée positive, de crainte d'avoir affaire à une mode passagère et déclarons doctement qu'il vaut mieux attendre un peu pour vérifier l'efficacité du procédé dans certaines conditions choisies et contrôlées. Quand un Mutant est très gravement malade, a reçu tous les traitements médicaux disponibles et est à deux doigts de la mort, son médecin déclare à la famille qu'il a fait tout ce qui était en son pouvoir. C'est vrai, combien de fois ai-je entendu : « Je suis navré, mais nous ne pouvons plus rien pour lui (ou elle). Il (ou elle) est entre les mains de Dieu. » Ça me paraît terriblement rétro !

Je ne crois pas que le Vrai Peuple se montre surhumain dans sa façon d'aborder et de traiter la maladie et les accidents. Je crois sincèrement que tout ce qu'il fait peut s'expliquer par l'analyse scientifique. Mais nous, nous nous efforçons d'inventer des machines pour mettre en œuvre des techniques, tandis que le Vrai Peuple prouve que l'on peut parvenir au même résultat sans le moindre fil électrique.

L'humanité erre et se débat mais, sur le continent australien, les techniques les plus sophistiquées coexistent, à quelques milliers de kilomètres de distance, avec de très anciennes méthodes capables de sauver des vies depuis des millénaires. Peut-être les deux extrêmes se rejoindront-ils un jour pour former un cercle parfait de connaissance.

Quelle belle occasion de fête !

14

TOTEM

Dans le courant de la journée, le vent tourna, puis il forcit et nous dûmes nous défendre contre les tourbillons de sable. À peine imprimées sur le sol, nos empreintes s'effaçaient. Je m'efforçais de voir à travers la poussière rouge et j'avais l'impression de regarder à travers des lentilles teintées de sang.

Nous finîmes par trouver un abri le long d'une arête rocheuse et nous nous blottîmes les uns contre les autres. Quand nous fûmes enveloppés dans les peaux, assis tête contre tête, je demandai :

– Quelles sont vos relations avec le royaume animal ? Les animaux sont-ils des totems, des emblèmes qui vous rappellent vos ancêtres ?

– Nous ne sommes qu'un, me répondit-on. Tous, nous apprenons à tirer notre force de notre faiblesse.

Mes compagnons m'expliquèrent que le faucon brun qui continuait à nous suivre rappelait au groupe que, parfois, nous ne croyons qu'à ce que nous voyons juste devant nous. Il nous suffirait de grimper un peu, de nous élever, pour avoir une perspective plus large. Dans le désert, les Mutants perdent courage parce qu'ils ne voient pas d'eau, et ils meurent. C'est l'émotion qui les tue.

Selon le Vrai Peuple, les humains ont encore à apprendre que du point de vue de l'évolution nous ne formons qu'une immense famille. Il pense que l'univers est encore en expansion, qu'il n'est pas terminé. Les humains mènent une vie trop remplie d'occupations pour pouvoir devenir des *êtres*.

Mes compagnons me parlèrent du kangourou, cette créature silencieuse et d'ordinaire paisible qui, selon les espèces, peut mesurer de soixante centimètres à deux mètres de hauteur et dont la fourrure varie du gris argenté au rouge cuivré. À la naissance, un kangourou roux est gros comme un haricot et pourtant, adulte, il dépassera deux mètres : aux yeux des Aborigènes, c'est la preuve que les Mutants attachent trop d'importance à la couleur de la peau et aux formes corporelles. Mais la principale leçon que nous enseigne le kangourou, c'est qu'il ne faut pas reculer. Lui ne peut qu'avancer, quitte à tourner en rond ! Sa longue queue est comme un tronc d'arbre et lui sert de contrepoids. Aussi bien des gens le choisissent-ils comme totem parce qu'ils éprouvent envers lui un sentiment de fraternité et ressentent le besoin d'apprendre à équilibrer leur personnalité. J'aimais bien l'idée d'examiner ma vie passée et de ne pas la critiquer, même quand il apparaissait que j'avais fait des erreurs ou des mauvais choix car, en fonction de ce que j'étais à l'époque, j'avais agi au mieux. À la longue, cela se révélerait être un pas en avant. Le kangourou sait aussi maîtriser sa reproduction : il cesse de se multiplier quand son environnement devient défavorable.

Le serpent est un bon instrument de réflexion quand nous pensons à ses mues fréquentes. Vous avez peu acquis dans votre vie si, à trente-sept ans, vous avez gardé les mêmes convictions qu'à sept. Il faut se débarrasser des vieilles idées, habitudes ou opinions et même, parfois, des compagnons. Lâcher prise est quelquefois difficile pour l'être humain. Le serpent n'est ni moins bon ni meilleur pour avoir abandonné sa peau. C'est une nécessité, voilà tout. Rien de nouveau ne peut survenir là où il n'y a pas d'espace. Le serpent paraît et se sent plus jeune quand il s'est débarrassé de son vieux fardeau même si, bien sûr, il n'est pas plus jeune. Mes compagnons riaient parce que notre façon de noter notre âge leur paraît insensée. Le serpent est un maître de charme et de puissance, deux qualités positives mais qui peuvent devenir destructrices quand elles écrasent toutes les autres. Il existe de nombreux serpents venimeux dont le venin peut être utilisé pour tuer des gens, et c'est très efficace. Mais le venin peut aussi servir à des usages plus constructifs, par exemple secourir quelqu'un qui est tombé sur une fourmilière ou qui est attaqué par des guêpes ou des abeilles. Le Vrai Peuple respecte le besoin d'intimité du serpent qui, comme chacun de nous, a besoin de se ménager des moments de solitude.

L'émeu est un gros oiseau puissant qui ne vole pas. Il est utile parce que, frugivore, il dissémine les graines en se déplaçant et éparpille ainsi les aliments végétaux. Il pond un très gros œuf vert foncé ; c'est un totem de fertilité.

Bien qu'il n'ait plus guère d'accès à la mer, le Vrai Peuple aime les dauphins. Ce sont les premières créatures avec lesquelles il a communiqué sans langage et qui témoignent qu'on peut vivre libre et heureux. Ces grands maîtres du jeu ont enseigné au Vrai Peuple qu'il n'y a ni compétition, ni perdants, ni gagnants, mais seulement du plaisir à partager.

La leçon de l'araignée est qu'il ne faut pas être trop avide et que les objets utiles peuvent aussi être beaux. De plus, l'araignée nous enseigne qu'il nous arrive de nous laisser un peu trop facilement captiver par nous-mêmes.

Nous évoquâmes encore ce qu'on peut apprendre de la fourmi, du lapin, des lézards et même du cheval sauvage d'Australie. Quand je parlai des espèces disparues, on me demanda si les Mutants comprennent bien que la fin d'une espèce est un pas de plus vers la fin de l'espèce humaine.

Finalement, la tempête se calma et nous sortîmes de notre abri ensablé. Peu après, on m'annonça que ma parenté animale avait été choisie d'un commun accord, d'après l'étude de mon ombre, de mes manières et de la démarche que j'avais acquise depuis que mes pieds s'étaient un peu aguerris. Mes compagnons déclarèrent qu'ils allaient dessiner l'animal en question dans le sable. Le soleil brillait devant moi comme un projecteur, tandis que je les observais. Ils se servaient de leurs doigts et de leurs orteils comme de crayons. Le contour d'une tête apparut, quelqu'un ajouta des petites oreilles rondes. Puis, ils regardèrent mon nez et le tracèrent sur le sable. Femme-des-Esprits dessina les yeux et dit qu'ils étaient de la même couleur que les miens. Un semis de taches fut ajouté et je protestai, pour les taquiner, que mes taches de rousseur avaient disparu, fondues dans la coloration générale de ma peau.

– Nous ne savons pas quel est cet animal, me dirent-ils, il n'existe pas en Australie.

Mais ils avaient le sentiment que la femelle de cette espèce mythique chassait, qu'elle se déplaçait tranquillement, le plus souvent seule. Elle faisait passer l'intérêt de ses petits avant le sien propre ou celui de son compagnon. Ooota sourit :

– Quand les besoins de cet animal sont satisfaits, il est doux, mais ses dents très aiguisées ne restent pas longtemps en repos.

Examinant le dessin inachevé, je découvris un guépard.

– Oui, dis-je, je connais cet animal.

Je pouvais, à mon tour, leur raconter les enseignements de ce gros chat.

Je me souviens du calme de cette nuit. Je songeais que le faucon brun devait, lui aussi, se reposer. Un croissant de lune était suspendu dans le ciel sans nuage. Une nouvelle journée s'était écoulée, que cette fois nous avions passée non pas à marcher, mais à parler.

15

OISEAUX

Sœur du Rêve Oiseau prit place au centre de notre cercle matinal et offrit de partager son talent avec le groupe si l'intérêt de tous devait y gagner. Dans ce cas, l'Unité divine pourvoirait au nécessaire. Nous n'avions pas vu d'oiseau depuis deux ou trois semaines, à l'exception de mon fidèle ami, le faucon brun aux sombres ailes de velours, qui virevoltait au-dessus de nous et se rapprochait toujours plus de ma tête.

Mes compagnons étaient surexcités à l'idée de l'événement espéré et je crus, moi aussi, que des oiseaux surgiraient de nulle part si le programme de la journée le voulait ainsi.

Le soleil plongeait déjà à mi-hauteur des lointaines collines quand nous les vîmes approcher. Un vol d'oiseaux très colorés, plus gros que les perroquets que je gardais en cage à la maison, mais aux plumages tout aussi multicolores. Ils étaient si nombreux qu'on ne voyait plus le ciel derrière le réseau palpitant de leurs ailes. Soudain, le sifflement des boomerangs se mêla aux cris des oiseaux. Ceux-ci piaillaient avec insistance comme pour attirer l'attention et tombaient du ciel par groupes de deux ou trois. Aucun oiseau ne souffrit. Ils étaient tués sur le coup.

Ce soir-là, nous eûmes un repas somptueux et fîmes provision de plumes multicolores. Nous fabriquâmes des bandeaux et des plaques pectorales ainsi que des tampons périodiques pour les femmes. Nous mangeâmes la chair mais les cervelles, une fois extraites, furent mises de côté. Séchées, elles seraient utilisées plus tard, en partie mélangées avec des plantes médicinales, en partie malaxées avec de l'eau et de l'huile pour le tannage des peaux. Les maigres restes furent emportés à l'écart pour les dingos qui suivaient nos traces.

Il n'y eut aucun déchet. Tout rejoignit le cycle de la nature, tout fut redonné à la terre. Ce fut un pique-nique sans détritus : en fait, on aurait eu de la peine à deviner, dans tous les endroits où nous avions fait halte, que nous y avions campé ou mangé.

Les membres de la tribu sont des maîtres de la fusion harmonieuse, ils ne perturbent pas l'univers.

16

COUTURE

Nous avions achevé notre unique repas de la journée. Les braises rougeoyaient. De temps à autre, des étincelles jaillissaient vers le ciel immense. Nous nous assîmes, à quelques-uns, autour des lueurs vacillantes. Comme de nombreuses tribus amérindiennes, les Aborigènes pensent que, lorsqu'on forme un cercle, il est très important d'observer les autres membres du groupe, en particulier la personne qui vous fait face et qui est votre reflet spirituel. Ce que vous admirez dans cette personne, ce sont les qualités que vous souhaiteriez développer en vous. Nous serions incapables de reconnaître ce que nous jugeons bon ou mauvais chez autrui si nous n'avions pas les mêmes forces et les mêmes faiblesses à un niveau quelconque de notre être. Seul nous différencie le degré d'autodiscipline et d'expression. Les Aborigènes croient qu'une personne ne peut vraiment changer que si elle le décide d'elle-même, mais qu'elle a la capacité de modifier sa personnalité si elle le veut : il n'y a pas de limite à ce qu'on peut acquérir ou abandonner. Le Vrai Peuple croit aussi que nous ne pouvons exercer de véritable influence que par notre comportement et nos actes, et c'est pourquoi les membres de la tribu s'efforcent chaque jour de devenir meilleurs.

J'étais assise en face de Maîtresse-de-Couture qui, tête inclinée, s'absorbait dans un travail de réparation. Dans la journée, Grand-Chasseur-de-Pierres était venu la trouver parce que la gourde d'eau qu'il portait accrochée à la ceinture s'était détachée. La lanière de suspension en cuir avait cédé, mais, par bonheur, la vessie de kangourou ne s'était pas déchirée et son précieux contenu avait été épargné.

Maîtresse-de-Couture coupait le fil naturel avec ses dents, qui étaient usées à mi-hauteur. Elle leva la tête et dit :

– C'est curieux, l'attitude des Mutants envers le vieillissement. Les travaux qu'on devient trop vieux pour faire. Utilité limitée.

– On n'est jamais trop vieux pour bien faire, dit quelqu'un.

Maîtresse-de-Couture reprit :

– Le travail semble devenu un danger pour les Mutants. Au début, vous avez fondé des entreprises pour que les gens puissent se procurer collectivement de meilleurs produits qu'à titre individuel, pour qu'ils expriment leur talent personnel et s'intègrent dans le système financier. Mais maintenant le but des affaires

140

est devenu d'entretenir le système. Cela nous paraît bizarre, parce que, pour nous, le produit est une chose réelle et que les gens sont des réalités, mais que les affaires, ce n'est pas réel. Les affaires ne sont qu'une idée, une convention, et malgré cela, elles sont devenues un but en soi. De pareilles idées sont difficiles à comprendre.

Je leur parlai du système économique de la libre entreprise, de la propriété privée, des sociétés, des actions et des obligations, des indemnités de chômage, de la protection sociale, des syndicats. Je leur expliquai ce que je savais de l'administration russe, des différences entre les économies chinoise et japonaise. Comme j'avais fait des conférences au Danemark, au Brésil, en Europe et au Sri Lanka, je leur racontai ce que je savais de la vie de ces pays.

Nous en vînmes à l'industrie et à ses productions. C'est sûr, me dit-on, l'automobile est un moyen de transport pratique. Mais ça ne vaut pas la peine de devenir son esclave pour la payer, de risquer un accident suivi d'un procès qui vous créera un ennemi et de devoir partager l'eau si rare du désert avec quatre roues et un siège. Et, du reste, le Vrai Peuple n'est jamais pressé.

Je regardai Maîtresse-de-Couture assise en face de moi. Elle avait un très beau visage. Bien que ne sachant ni lire ni écrire, elle connaissait bien l'histoire du monde et même l'actualité. Elle était créative. J'avais remarqué qu'elle avait offert à Grand-Chasseur-de-Pierres de faire la réparation nécessaire avant qu'il le lui ait demandé. Elle avait un objectif et vivait simplement cet objectif. C'était vrai: je pouvais apprendre en observant la personne assise en face de moi dans le cercle.

Je me demandai ce qu'elle pensait de moi. Quand nous formions un cercle, j'avais, bien sûr, chaque fois quelqu'un en vis-à-vis, mais on ne se bousculait pas pour occuper la place. Je posais trop de questions; c'était un travers gênant, je le savais, et il me fallait me rappeler que mes compagnons partageaient tout et que je serais tout naturellement admise dans le groupe, le moment venu. Je devais leur apparaître comme un enfant insupportable.

Une fois couchée, je réfléchis encore aux remarques de Maîtresse-de-Couture: les affaires ne sont pas une réalité, ce n'est qu'une convention, et cependant le but des affaires est d'entretenir le système, sans tenir compte des conséquences sur les gens ou le produit lui-même, ou encore de leur utilité. L'observation me paraissait bien subtile de la part de quelqu'un qui n'avait jamais lu un journal, regardé la télévision ou écouté la radio.

J'aurais voulu que le monde entier puisse entendre cette femme.

Au lieu d'appeler ce lieu le désert intérieur, nous devrions bien le considérer comme le centre d'étude de tout ce qui concerne l'être humain.

17

REMÈDES MUSICAUX

Dans le groupe, plusieurs personnes possédaient le « remède » de la musique. C'est bien le mot « remède » qui était utilisé par l'interprète mais pas au sens médical, et il ne se référait pas à une guérison physique. Un remède est une chose bonne et utile au bien-être du groupe. Ooota m'expliqua qu'il était bon d'avoir un talent – ou remède – pour guérir les os fracturés, mais que ce n'était ni plus ni moins intéressant qu'une parenté avec la fertilité et les œufs. On avait besoin des deux, et les deux étaient personnels. J'acquiesçai et me réjouis à l'idée d'un futur repas d'œufs.

On me prévint alors qu'un grand concert aurait lieu ce jour-là. Nous ne transportions aucun instrument de musique dans nos maigres bagages, mais j'avais enfin cessé de poser des questions pour essayer de savoir d'avance comment et où les choses se matérialiseraient.

Dans l'après-midi, alors que nous traversions un canyon, l'excitation de mes compagnons s'intensifia. C'était un étroit goulet, de trois mètres cinquante de largeur environ, limité par des parois de près de six mètres de hauteur. Nous y fîmes halte et, pendant la préparation du repas de légumes et d'insectes, les musiciens installèrent leur orchestre. Un homme décapita quelques grosses plantes en forme de tonneaux et creusa la chair couleur de citrouille dont nous suçâmes le jus. Les grosses graines de la pulpe furent mises de côté et les plantes furent coiffées de peaux grattées bien tendues dont on fixa les bords avec des liens. Nous obtînmes ainsi d'admirables instruments de percussion. Un arbre mort gisait plus loin et plusieurs grosses branches grouillaient de termites. On en cassa une dont on chassa les insectes.

Le cœur du bois rongé était rempli de sciure. Nous grattâmes cet intérieur friable avec un bâton et soufflâmes dedans pour obtenir un long tube creux. J'avais l'impression de voir fabriquer la trompette de l'Ange Gabriel. Plus tard, j'appris que les Australiens appellent cet instrument *didjeridoo*. Quand on souffle dedans, on en tire un son musical grave.

Un des musiciens commença à taper deux baguettes l'une contre l'autre, un autre établit un rythme en entrechoquant des pierres. Quelques hommes ramassèrent des morceaux de schiste et, en les suspendant à des fils, obtinrent un carillon. Un autre fabriqua une sorte de toupie musicale avec une plaque de bois atta-

144

chée à une ficelle : lorsqu'on la faisait tournoyer, elle produisait un ronflement dont on pouvait contrôler l'intensité. Dans le canyon, cet ensemble orchestral engendrait des vibrations et des échos fantastiques auxquels le terme de concert s'appliquait à merveille.

Les membres de la tribu chantèrent, soit en solo soit à l'unisson et souvent à plusieurs voix. Certains chants étaient vieux comme le temps : le Vrai Peuple est fidèle aux chants créés ici, dans le désert, avant l'invention de notre calendrier. Mais j'entendis aussi des compositions nouvelles, une musique inventée en mon honneur. On me dit :

– Tout comme un musicien, l'univers lui-même aspire à s'exprimer musicalement.

En l'absence d'écrits, la connaissance se transmet d'une génération à l'autre par les chants et les danses. Tout événement historique peut être dessiné sur le sable, exprimé par une musique ou représenté par des scènes. La tribu fait de la musique tous les jours parce qu'il est nécessaire de garder les faits en mémoire. Raconter leur histoire prend environ un an aux membres du Vrai Peuple. S'il peignait chaque événement et si toutes les peintures étaient alignées sur le sol, nous disposerions d'une chronologie embrassant plusieurs millénaires.

En les voyant faire ce jour-là, je compris à quel point mes compagnons sont détachés de toute possession. À la fin de la fête, les instruments furent replacés là où nous les avions trouvés. Les graines furent plantées pour assurer une nouvelle pousse et des signes peints sur les rochers indiquèrent aux futurs voyageurs la récolte en gestation. Les baguettes, la branche, les pierres furent abandonnées mais la joie de la création et le talent demeuraient, confirmant la valeur de chacun des musiciens et confortant leur amour-propre. C'est en lui-même qu'un musicien transporte la musique, il n'a pas besoin d'instrument particulier. Il est la musique.

J'appris aussi ce jour-là que la vie est une sorte de libre service. Nous pouvons nous enrichir, nous faire plaisir, être créatifs et heureux autant que nous le voulons. Compositeur et les autres musiciens repartaient la tête haute :

– Un concert vraiment réussi, dit l'un d'eux.

– Un des plus beaux, renchérit un autre.

J'entendis Compositeur annoncer :

– Je crois que bientôt je vais changer mon nom de Compositeur en Grand-Compositeur.

Ce n'était pas de la vanité. Je voyais des gens heureux qui reconnaissaient leurs talents et l'importance de partager et de développer les innombrables merveilles qui sont à notre disposition. Il y a un lien important entre reconnaître sa propre valeur et s'attribuer un nouveau nom au cours d'une cérémonie.

Les Aborigènes affirment qu'ils vivent là depuis le commencement des temps et les scientifiques savent qu'ils habitent l'Australie depuis au moins cinquante mille ans. Il est étonnant qu'en cinquante mille ans, ils n'aient détruit aucune forêt ou pollué aucune eau,

146

n'aient mis en péril aucune espèce animale ou végétale, n'aient rien contaminé, et que, durant tout ce temps, ils aient toujours reçu une nourriture abondante et toujours trouvé des abris. Ils ont beaucoup ri, peu pleuré. Ils vivent de longues existences productives et saines et, quand ils meurent, ils partent avec confiance.

18

CAPTEURS DE RÊVES

Un matin, comme notre groupe se tournait, comme d'habitude, alors que l'aube pointait à peine, vers l'est, je perçus une certaine excitation. Lorsque l'Ancien eut achevé la cérémonie matinale, Femme-des-Esprits le remplaça au centre.

Femme-des-Esprits et moi avions beaucoup de traits physiques communs. Elle était la seule femme du groupe à peser plus de soixante kilos et, même si j'avais maigri, en ne prenant qu'un repas par jour et en marchant par cette chaleur intense, il me restait encore assez de graisse en réserve pour me délecter du fantasme de la voir fondre sur le sable et s'étaler en une petite mare autour de mes empreintes de pas.

Mains ouvertes au-dessus de la tête, Femme-des-Esprits offrait ses talents à un auditoire céleste invisible. Elle s'ouvrait pour faire de son corps un moyen d'expression pour le cas où l'Unité divine déciderait ce jour-là de s'exprimer à travers elle. Elle désirait partager son talent avec moi, la Mutante adoptée pour cette marche dans le désert. Sa requête achevée, elle rendit grâces, à voix haute et martelée, et le groupe se joignit à elle, manifestant sa gratitude pour les dons à venir. Normalement, me dit-on, tout cela aurait dû se dérouler sans paroles, en utilisant le langage silencieux mais, comme j'étais leur invitée, et peu habituée aux messages télépathiques, ils se mettaient à ma portée.

Nous marchâmes jusqu'à la fin de l'après-midi sur un terrain relativement nu, et ce fut un grand soulagement de ne pas avoir à poser les pieds sur les lames barbelées des spinifex. Assez tard, quelqu'un repéra un bouquet d'arbres nains, des arbres aux troncs curieux dont le sommet s'épanouissait en un gros buisson touffu. C'était ce que Femme-des-Esprits avait demandé et elle l'obtenait.

La veille au soir, avec trois autres femmes, elle avait étiré des peaux ; elle les avait ensuite tendues sur des cadres que toute la journée elles avaient transportés. Je n'avais posé aucune question ; je savais que le moment venu on me mettrait au courant.

Femme-des-Esprits prit ma main et m'entraîna vers les arbres en les montrant du doigt. Je ne vis rien, mais elle était si excitée que je regardai à nouveau. Je distinguai alors une toile d'araignée géante, un motif épais, scintillant, un tissage de centaines de fils. Il semblait y avoir des toiles semblables sur la plupart des arbres. Femme-des-Esprits parla à Ooota, qui me dit d'en choisir une. Je ne savais sur quels critères baser mon choix, mais, me souvenant que pour les Aborigènes les choix sont intuitifs, j'en désignai une au hasard.

Femme-des-Esprits prit alors un peu d'huile parfumée dans le petit sac suspendu à sa taille et en barbouilla la surface de l'espèce de tambourin confectionné la veille. Elle écarta soigneusement les feuilles situées derrière la toile puis, appliquant sur celle-ci la surface huilée du tambourin, elle la préleva d'un geste vif et revint vers moi, me montrant le dessin obtenu sur la peau. Je regardai les autres femmes s'avancer pour choisir leur toile puis capter à leur tour les fils arachnéens sur le cadre préparé pour eux.

Tandis que nous nous activions, les autres membres de la tribu faisaient du feu et ramassaient la nourriture pour le repas. Le menu comprenait plusieurs grosses araignées trouvées dans les arbres nains, des racines et un tubercule mystérieux qui ressemblait à un navet.

Après le dîner, nous nous rassemblâmes, comme chaque soir, et Femme-des-Esprits m'expliqua son talent. Chaque être humain est unique, chacun de nous est doté de caractéristiques très marquées qui peuvent se transformer en talent. Sa contribution à la société était de capter les rêves.

– Tout le monde rêve, me dit-elle. Tout le monde ne cherche pas à se rappeler ses rêves ou à en tirer la leçon, mais tout le monde rêve. Les rêves sont l'ombre de la réalité.

Ce qui existe, ce qui se passe ici-bas, est également réalisable dans le monde du rêve. Toutes les réponses s'y trouvent. Les toiles d'araignées servaient, au cours d'une cérémonie chantée et dansée, à demander à l'Univers un rêve de direction. Femme-des-Esprits aidait ensuite le rêveur à décoder son rêve.

Je comprenais parfaitement ce que voulaient dire mes compagnons lorsqu'ils affirmaient que le rêve correspond à un niveau de conscience. Quand la pensée a créé le monde, c'était le rêve d'ancêtre. Il y a aussi le rêve hors du corps, la méditation profonde par exemple ; il y a le rêve du sommeil, etc.

Les capteurs de rêves donnent des conseils en toutes circonstances. Tout peut s'exprimer clairement dans un rêve : le sens caché d'une relation, un problème de santé, le dessein d'une expérience. Les Mutants ne connaissent qu'un moyen, le sommeil, pour parvenir au rêve, mais le Vrai Peuple peut y accéder même à l'état de veille, sans l'aide de substances psychotropes, simplement par des techniques de respiration et de concentration. Il est possible de poursuivre des activités conscientes, tout en étant plongé dans le monde du rêve.

On me dit de danser, de tournoyer, avec le capteur de rêves. C'est très efficace : on ancre une question dans son esprit et on la pose indéfiniment, tout en pirouettant. Ce mouvement, selon les Aborigènes, accroît les tourbillons d'énergie des sept centres du corps : je n'avais qu'à étendre les bras en croix et tourner vers la droite.

Vite étourdie, je m'assis par terre et vis alors clairement à quel point ma vie avait changé. Au cœur d'un territoire au moins trois fois plus grand que le Texas et ne comportant même pas un habitant au kilomètre carré, j'étais en train d'effectuer une danse de derviche tourneur, soulevant le sable et engendrant dans l'air des ondes infinies qui s'évadaient dans l'espace vers le capteur de rêves.

Les membres de la tribu ne rêvent pas la nuit, sauf s'ils ont demandé un rêve. Le sommeil est pour eux un moment de repos et de récupération pour le corps et non l'occasion de disperser leur énergie. Ils pensent que les Mutants rêvent la nuit parce que leur société ne leur permet pas de rêver le jour : rêver les yeux ouverts, en particulier, est très mal vu dans le monde des Mutants.

À l'heure du coucher, j'égalisai le sable avec la main et repliai les bras sous ma tête. On me tendit un petit récipient d'eau en me disant d'en boire la moitié immédiatement et l'autre au réveil : cela m'aiderait à me rappeler les détails de mon rêve. Je posai alors la question qui s'imposait à moi avec le plus d'intensité : que devrais-je faire, à la fin du voyage, des informations qui m'étaient fournies ?

Au matin, Femme-des-Esprits, par l'intermédiaire d'Ooota, me demanda de me rappeler mon rêve. Je ne voyais pas comment elle allait pouvoir l'interpréter parce qu'au premier abord il ne semblait avoir rien de commun avec l'Australie, mais je le lui racontai quand même. Elle me demanda surtout de lui décrire ce que j'éprouvais, quelles émotions étaient associées aux objets et aux événements du rêve. Bien que mon genre de vie lui fût totalement étranger, elle réussit étrangement à pénétrer en moi.

J'appris qu'il y aurait dans ma vie des orages et que je devrais m'écarter de gens et de choses dans lesquels j'avais investi du temps et de l'énergie, mais je savais désormais ce que c'était que d'être calme et pacifiée et je pourrais ranimer cette émotion chaque fois que j'en aurais besoin ou le désirerais. J'appris que nous pouvons vivre plus d'une vie en l'espace d'une seule, et que j'avais déjà fermé une porte. J'appris que l'heure était venue où je ne pourrais plus fréquenter des gens et des lieux du passé et me fonder sur les valeurs et les croyances d'antan. Pour le bien de mon âme, j'avais pénétré dans un lieu nouveau, dans une vie qui équivalait à un degré de plus sur l'échelle spirituelle. Plus important encore, je compris que je n'aurais rien à faire avec les informations reçues. Si je vivais selon les principes qui me paraissaient correspondre à la vérité, je toucherais la vie de ceux qu'il était dans mon destin de toucher, et d'autres portes s'ouvriraient. En réalité, ce n'était pas « mon » message : je n'étais qu'un messager.

Je me demandais si tous ceux qui avaient dansé avec le capteur de rêves allaient partager leur rêve avec nous. Avant que j'aie pu énoncer ma question à haute voix, Ooota lut dans mon esprit et dit :

– Oui, Faiseur-d'Outils voudrait parler.

Faiseur-d'Outils était un homme âgé, qui avait pour spécialité de fabriquer non seulement des outils, mais des pinceaux, des ustensiles de cuisine, un peu de tout. Sa question concernait ses douleurs musculaires et il avait rêvé d'une tortue qui se traînait hors d'un marigot pour découvrir qu'elle avait perdu ses pattes d'un côté et était complètement bancale. Après s'être entretenu, comme moi, avec Femme-des-Esprits, il en vint à la conclusion que le temps était venu pour lui d'enseigner son métier à quelqu'un d'autre. Autrefois, il adorait sa responsabilité de maître artisan mais, maintenant, il commençait à trouver pénible la tension qu'il s'imposait. Si bien qu'il s'était averti en rêve du besoin d'un changement : il était devenu bancal, il avait perdu l'équilibre entre travail et plaisir.

Les jours suivants, je le vis apprendre ses techniques à d'autres et, quand je lui demandai des nouvelles de ses douleurs, il me répondit en souriant :

– Quand la pensée devient souple, les articulations deviennent souples. Plus de douleurs, c'est fini.

19

UNE SURPRISE POUR LE DÎNER

Pendant la prière du matin, Frère-des-Grands-Animaux prit la parole. Sa parenté désirait être honorée. Le groupe approuva : en effet, depuis quelque temps déjà, elle ne s'était pas manifestée.

La faune australienne ne compte pas de très grands animaux, à la différence de l'Afrique, avec ses éléphants, ses lions, ses girafes et ses zèbres. J'étais curieuse de voir ce que l'Univers nous préparait.

Nous pûmes avancer d'un bon pas car la chaleur était moins intense. La température ne dépassait sans doute pas 38 °C. Femme-Guérisseuse me tartina le visage, le nez et surtout la partie supérieure des oreilles, d'huile de lézard et de plantes. J'avais perdu le compte du nombre de couches de peau qui avaient successivement pelé et avais réellement peur de perdre l'ourlet des pavillons de mes oreilles continuellement brûlés par le soleil. Femme-des-Esprits vint à mon secours. Elle provoqua une réunion générale pour discuter du problème et, bien que cette situation fût tout à fait nouvelle pour eux, mes compagnons inventèrent un objet ressemblant à des protège-oreilles de sports d'hiver. Femme-des-Esprits prit un ligament d'animal et forma une boucle à laquelle Maîtresse-de-Couture attacha des plumes. On suspendit le tout sur mes oreilles et, associé à l'huile protectrice, cet accessoire me procura un merveilleux soulagement.

Ce fut une étape très gaie. Tout en marchant, nous jouions. Mes compagnons imitaient les démarches de mammifères ou de reptiles ou représentaient des événements passés, et nous nous efforcions de résoudre les devinettes. La journée fut pleine de rires. Les empreintes de mes voisins ne ressemblaient plus pour moi à de géantes cicatrices de variole et je commençais à déceler les légères différences caractérisant chaque démarche. Vers le soir, je scrutai la plaine en quête de végétation. La couleur du sol changeait devant nous et, comme nous abordions un nouveau terrain, j'aperçus des arbres. Je n'aurais pas dû m'étonner de cette nouvelle manifestation d'apparitions sorties de nulle part au bénéfice du Vrai peuple. Mais j'avais repris à mon compte l'authentique enthousiasme de mes compagnons devant chaque nouveau don.

Ils étaient là, les grands animaux qui voulaient être honorés pour le but de leur existence : quatre dromadaires sauvages, avec leur énorme bosse. Ils n'étaient pas étrillés et soignés comme ceux des zoos ou des cirques. Les dromadaires ne sont pas des animaux d'Australie. Ils ont été importés pour les transports et, apparemment, quelques-uns ont survécu, au contraire de ceux qui les menaient.

La tribu fit halte et, un à un, des éclaireurs partirent. Trois s'approchèrent par l'est, trois par l'ouest. Ils avançaient, courbés, armés chacun d'un boomerang, d'une lance et d'un propulseur, planchette de bois permettant de donner une impulsion à la lance par un mouvement du bras et un vif coup de poignet qui multiplient par trois la portée et la précision de l'arme. La troupe de dromadaires se composait d'un grand mâle, de deux femelles adultes et d'un jeune.

De leurs yeux vifs, les chasseurs surveillaient la petite troupe. Ils me dirent plus tard qu'ils étaient mentalement tombés d'accord pour sacrifier la femelle la plus âgée. Tout comme leurs frères les dingos, les chasseurs aborigènes reçoivent les signaux envoyés par l'animal le plus faible qui semble les avertir de son désir d'être honoré et de laisser vivre les plus vigoureux. Sans un mot, sans aucun signal apparent, les chasseurs s'élancèrent ensemble. Une lance plantée dans la tête, une autre dans la poitrine entraînèrent une mort instantanée. Les trois dromadaires survivants s'enfuirent au galop et le martèlement de leurs sabots s'évanouit dans le lointain.

157

Nous creusâmes une fosse que nous tapissâmes d'herbes sèches. Frère-des-Grands-Animaux, coutelas en main, ouvrit le ventre d'un seul geste, comme s'il ouvrait une fermeture à glissière. Une poche d'air chaud s'échappa et, avec elle, la tiède odeur du sang. Un à un, les organes furent enlevés et le cœur et le foie furent mis de côté car la tribu leur reconnaît une grande valeur pour les qualités de force et d'endurance qu'ils recèlent. J'évaluai en scientifique les formidables sources de fer qu'ils représentaient dans une alimentation déséquilibrée aux qualités nutritives incertaines. Le sang fut recueilli dans un récipient spécial que portait autour du cou la jeune apprentie de Femme-Guérisseuse. Les sabots furent mis de côté. J'appris qu'ils étaient très utiles et avaient de multiples usages. Je me demandai lesquels.

– Mutante, c'est pour toi que ce dromadaire est devenu adulte ! me cria un des bouchers en soulevant l'énorme poche d'eau.

Ma dépendance envers l'eau était connue de tous et l'on cherchait à se procurer une vessie que je pourrais porter. Nous en avions trouvé une.

Cette région était un pâturage fréquenté par divers animaux, comme nous le prouvait l'abondance des bouses et du crottin. Maintenant, je considérais comme un trésor ce qui, quelques mois auparavant, était pour moi objet de répulsion, parfois même rien qu'en paroles. Mais, ce soir-là, c'est le cœur débordant de gratitude pour cette merveilleuse source de combustible que je ramassai les bouses.

Notre journée s'acheva dans les rires et les plaisanteries. Porterais-je la vessie de dromadaire attachée à la taille, au cou, ou comme un sac à dos ? Le lendemain, pendant la marche, la peau du dromadaire fut étalée comme un dais au-dessus de nos têtes, pour l'ombre procurée, certes, mais surtout pour qu'elle sèche au soleil et se tanne. Débarrassée de tout débris de chair, la peau avait été traitée avec du tanin provenant d'une récolte d'écorce. Le dromadaire ayant fourni plus de viande que nous ne pouvions en consommer pour le dîner, nous avions découpé le reste en lanières. Certaines n'ayant pas suffisamment cuit dans la fosse, nous les avions suspendues à une branche et nous étions plusieurs à porter à travers le désert ces rubans de chair qui séchaient en claquant au vent.

Une bien curieuse procession !

20

FOURMIS NON ENROBÉES
DE CHOCOLAT

La lumière du soleil était si éblouissante que je ne pouvais garder les yeux ouverts. La sueur ruisselait dans les plis de mon corps jusqu'à mes cuisses qui, pendant la marche, frottaient l'une contre l'autre. Même mes cous-de-pied transpi-raient. Pour moi, c'était un signe, car je n'avais jamais vu ça. La température devait dépasser 43 ou 44 °C, c'était presque insoutenable. Mes plantes de pied offraient un spectacle étrange : elles étaient couvertes d'ampoules des orteils au talon et d'un bord à l'autre, mais des ampoules continuaient à se former sous la couche déjà boursouflée de cloques. Mes pieds étaient comme engourdis.

Une femme quitta un instant la file des mar-cheurs et s'éloigna dans le désert, puis elle nous rejoignit, portant une énorme feuille d'un vert vif, large d'environ quarante-cinq centimètres. Je n'apercevais aucune plante d'où cette feuille aurait pu provenir : elle était fraîche, bien vivante, alors que tout ce qui nous entourait était brunâtre, sec et friable. Personne ne le lui demanda. Elle s'appelait Porteuse de Bonheur et son talent, dans la vie, était de mener les jeux. Ce soir-là, chargée d'organiser nos loisirs, elle annonça que nous jouerions au jeu de la création.

Nous approchâmes d'une fourmilière occupée par de grosses fourmis de deux centimètres et demi de longueur pourvues d'abdomens volumineux. Ces créatures, des fourmis à miel, seraient honorées comme éléments de notre repas.

– Tu vas te régaler ! me prédit-on.

Il existe une grande variété de fourmis à miel ainsi dénommées parce que leur ventre distendu contient une substance sucrée. Les fourmis du désert ne deviennent pas aussi grosses et aussi bonnes à manger que les fourmis qui vivent sur des terrains bien pourvus en végétaux. Leur miel n'est pas aussi épais et crémeux, ni aussi doré et poisseux. Dans le désert, elles semblent l'extraire de la chaleur et du vent de leur environnement. Mais ces fourmis sont sans doute pour les Aborigènes l'aliment dont le goût se rapproche le plus d'une barre de confiserie.

Mes compagnons étendirent les bras et laissèrent les fourmis y grimper, puis ils portèrent les doigts à la bouche et les sucèrent. Leurs visages étaient éloquents : un vrai délice. Comme je savais que tôt ou tard ils me diraient d'essayer, je me décidai, pris une fourmi et la mis dans ma bouche. Il y a un truc, il faut croquer la fourmi et, surtout, ne pas l'avaler tout rond. Mais je ne fis ni l'un ni l'autre. Je ne supportai pas de sentir les pattes s'agiter sur ma langue et la fourmi grimper sur mes gencives et la recrachai. Plus tard, lorsque le feu fut allumé, mes compagnons placèrent des fourmis dans une enveloppe de feuilles qu'ils enfouirent dans les braises. Quand mon plat fut cuit, je léchai la feuille comme si c'était une barre de friandises toute fondue dans son enveloppe de papier. Quelqu'un qui n'a jamais mangé de miel de fleur d'oranger s'y tromperait sans doute.

Le soir, Femme de Jeu déchiqueta sa grande feuille. Elle ne compta pas vraiment les morceaux mais s'arrangea pour en distribuer un fragment à chacun. Pendant ce temps, nous jouions de la musique et nous chantions. Puis le jeu commença.

Tandis que nous continuions à chanter, un premier morceau de feuille fut déposé sur le sable. Puis un autre, et encore un autre, jusqu'à ce que le chant s'interrompe. Nous examinâmes le motif, qui ressemblait à un puzzle. Quand un morceau était posé par terre, il devenait parfois évident que nous devions déplacer une pièce parce que la nouvelle s'ajustait mieux à cet endroit. Il n'y avait pas de tour pour les joueurs, c'était un projet collectif non compétitif. La moitié de la feuille, côté pointe, fut bientôt recomposée et nous nous félicitâmes en nous serrant la main, en nous donnant l'accolade et en faisant des pirouettes : le jeu était à moitié réussi et tout le monde avait participé. Puis, très concentrés, nous nous remîmes au travail. Je vins près du puzzle et déposai ma pièce. Plus tard, quand je m'approchai de nouveau, je ne pus localiser mon morceau de feuille, si bien que je retournai m'asseoir. Ooota lut dans mes pensées et me dit :

– C'est bien. On a l'impression que les morceaux sont séparés, tout comme les gens paraissent séparés mais, en réalité, nous sommes un. Voilà pourquoi c'est le jeu de la création.

Plusieurs personnes s'adressèrent à moi et Ooota se fit leur interprète.

– Être un ne signifie pas que nous sommes tous les mêmes. Chaque être vivant est unique. Il n'y a pas deux êtres qui occupent le même espace. Tout comme la feuille a besoin de tous ses morceaux pour être complète, chaque esprit a sa place. Même si des gens essaient de manœuvrer, en fin de compte chacun retrouve sa juste place. Certains d'entre nous cherchent une voie directe, d'autres adorent tourner en rond.

Un certain moment, je vis que tout le monde me regardait et l'idée germa dans mon esprit de me lever et de m'approcher du puzzle. Il ne restait plus qu'un espace vide et le morceau de feuille à adapter était à quelques centimètres. Quand je plaçai la dernière pièce, un grand cri de joie éclata et s'envola dans l'immensité qui cernait notre petit groupe.

Au loin, des dingos levèrent leurs museaux pointus vers le ciel et hurlèrent dans la nuit veloutée, cloutée de diamants scintillants.

– Que tu aies fini le jeu confirme ton droit à marcher avec nous. Durant ce voyage, nous faisons route directement dans l'Un. Les Mutants ont de nombreuses croyances, ils disent : ton chemin n'est pas mon chemin, ton sauveur n'est pas mon sauveur, ton éternité n'est pas mon éternité. Mais, en vérité, la vie est une. Il n'y a qu'un jeu en cours. Il n'y a qu'une race, avec beaucoup de couleurs différentes. Les Mutants ergotent sur le nom de Dieu, sur les édifices religieux, les jours, les rituels. Est-Il venu sur la terre ? Que signifient toutes ces histoires ? La vérité est la vérité. Si vous blessez quelqu'un, vous blessez le moi ; si vous secourez quelqu'un, vous secourez le moi. Le sang, les os sont en chacun de nous. C'est le cœur et l'intention qui sont différents. Les Mutants ne réfléchissent au moi et à la notion de séparativité que pour seulement cent ans. Le Vrai Peuple pense à l'éternité. Tout est un, nos ancêtres, nos petits-enfants à naître, toute vie, partout.

À la fin du jeu, un des hommes me demanda s'il était vrai que des personnes peuvent vivre toute une existence sans jamais connaître leurs talents naturels. Je dus admettre que j'avais des patients très déprimés qui avaient l'impression que leur vie s'écoulait malgré eux. Oui, il me fallut admettre que les Mutants ne pensent pas posséder un talent inné et qu'ils ne réfléchissent au but de leur vie qu'au moment où la mort approche. Des larmes lui montèrent aux yeux et il hocha la tête avec incrédulité. Une pareille chose était bien difficile à croire.

– Comment les Mutants ne voient-ils pas que, si mon chant rend une personne heureuse, je fais du bon travail ? Quand tu aides quelqu'un, tu fais du bon travail. De toute façon, on ne peut aider qu'une personne à la fois.

Je lui demandai s'il avait déjà entendu parler de Jésus.

– Bien sûr, me répondit-il. Les missionnaires enseignaient que Jésus est le fils de Dieu. Notre frère aîné. L'Unité divine sous la forme humaine. Il est l'objet de la plus profonde vénération. L'Un est venu sur la terre il y a très longtemps pour expliquer aux Mutants comment vivre, puisqu'ils l'avaient oublié. Jésus n'est pas venu auprès du Vrai Peuple. Il aurait pu, nous étions là, mais ce n'était pas notre message. Le message de Jésus ne s'adressait pas à nous parce que nous ne l'avions pas oublié, nous vivions déjà Sa vérité. Pour nous, l'Unité divine n'est pas une forme. Les Mutants sont des drogués de la forme. Ils ne peuvent accepter quelque chose d'invisible et d'impalpable. Pour nous, Dieu, Jésus, l'Un, ce n'est pas une essence qui baigne les choses ou est présente à l'intérieur des choses. C'est toute chose !

Pour les membres de la tribu, la vie est mouvement, progression, changement. Ils parlent d'un temps vivant et d'un temps non vivant. Les gens ne sont pas vivants quand ils sont en colère, dépressifs, quand ils s'apitoient sur eux-mêmes ou sont hantés par la peur. Tous les gens qui respirent ne sont donc pas vivants : le fait de respirer avertit simplement les autres que le corps ne doit pas être mis en terre ! C'est bien d'essayer d'exprimer des émotions négatives pour vérifier ce qu'on éprouve, mais il n'est pas sage d'en rester là. Quand l'âme habite une forme humaine, on joue – pour voir ce que c'est que d'être heureux ou triste, jaloux ou reconnaissant, etc. Mais on est supposé tirer un enseignement de ces expériences pour finalement savoir discerner souffrance et bien-être.

Nous parlâmes ensuite de jeux et de sports. Je leur racontai qu'aux États-Unis, nous nous intéressons beaucoup aux événements sportifs et que nos joueurs de ballon sont mieux payés que nos instituteurs. Je leur proposai un jeu : je leur demandai de se mettre en ligne, puis de partir en courant le plus vite possible. Celui qui courrait le plus vite serait le vainqueur. Mes compagnons braquèrent sur moi leurs beaux yeux noirs, puis s'entre-regardèrent

Finalement, quelqu'un dit :

– Mais, si quelqu'un gagne, tous les autres perdent. Ce n'est pas amusant. Les jeux doivent être amusants. Comment peux-tu soumettre quelqu'un à une pareille épreuve pour, après, s'il perd, essayer de le convaincre qu'il est un battant ? Cette démarche est difficile à comprendre. Ça fonctionne, chez toi ?

Je souris et fis non de la tête.

Tout près, il y avait un arbre mort. Je me fis aider pour installer une balançoire en tirant une de ses grosses branches en porte à faux sur un rocher. Nous nous amusâmes beaucoup et même les plus âgés prirent leur tour sur la bascule. Ils me firent remarquer qu'il existe des choses qu'on ne peut pas faire tout seul : l'utilisation de ce jouet en était une ! Des personnes de soixante-dix, quatre-vingts et quatre-vingt-dix ans laissaient s'exprimer l'enfant qui était en elles et apprécièrent ce jeu sans gagnants ni perdants fait pour le plaisir de tous.

J'appris aussi à mes compagnons à sauter à la corde en utilisant des cordes en boyaux d'animaux torsadés. Puis, nous traçâmes des marelles sur le sable mais la nuit et la fatigue eurent raison de nous. Nos corps aspiraient au repos et nous reportâmes ce plaisir à une autre fois.

Étendue sur le dos, je contemplai le ciel scintillant. Un étalage de diamants sur leur tapis de velours dans une vitrine de joaillerie n'aurait pu m'impressionner davantage. Attiré comme par un aimant, mon regard se fixait sur l'astre le plus brillant, qui semblait m'ouvrir l'esprit : « Ces gens ne vieillissent pas comme nous, me disais-je. Leur corps finit par s'épuiser, comme une bougie qui s'use lentement et régulièrement. Ils n'ont pas comme nous un organe qui cède à vingt ans et un autre à quarante. » Ce que nous appelons stress me paraissait maintenant être une rencontre avec l'échec et la mort.

La température de mon corps baissait peu à peu. Cet apprentissage se faisait vraiment au prix de beaucoup de sueur, mais il en valait la peine. Comment cependant pourrais-je partager avec les miens ce dont j'étais le témoin ? Mes interlocuteurs ne me croiraient jamais, il fallait que je m'y prépare. Ils trouveraient ce mode de vie bien difficile à admettre. Je savais maintenant que la guérison physique doit être associée avec la guérison réelle des êtres humains, la guérison de leur être éternel blessé, sanglant, malade et meurtri.

Mais je regardais le ciel et me demandais : « Comment faire ? »

21

EN TÊTE

Le soleil se leva d'un bond et, aussitôt, il fit chaud. Ce matin-là, notre rituel quotidien fut modifié. On me plaça au centre du demi-cercle orienté vers l'est. Ooota me dit de reconnaître à ma façon la manifestation de l'Unité divine et de faire une prière pour que la journée soit bonne. À la fin de la cérémonie, tandis que nous nous préparions au départ, on m'annonça que c'était mon tour de mener. Je devais marcher devant et conduire la tribu.

– Mais je ne peux pas, dis-je, je ne sais ni où aller ni trouver quoi que ce soit. Je suis touchée par votre proposition, mais ça m'est impossible.

– Il le faut, le moment est venu. Pour connaître ta maison, la terre, tous ses niveaux de vie, tes liens avec le visible et l'invisible, tu dois mener. C'est agréable de temps en temps de marcher à la traîne, on peut aussi se mêler au gros de la troupe, mais, à un moment ou à un autre, on doit mener. Tu ne peux pas comprendre le rôle de dirigeant tant que tu n'as pas assumé cette responsabilité. Tout le monde doit diriger, tôt ou tard et, si ce n'est pas dans cette vie, ce sera plus tard. Le seul moyen de surmonter une épreuve est de l'affronter. Les épreuves, à tous les niveaux, se répètent indéfiniment d'une façon ou d'une autre tant qu'on ne les a pas surmontées.

Nous commençâmes donc à marcher, avec moi en tête. La température devait dépasser 40 °C. À midi, nous nous arrêtâmes et fîmes de l'ombre avec notre matériel de couchage. Lorsque le plus fort de la chaleur fut passé, nous reprîmes la marche et continuâmes bien au-delà de l'heure habituelle avant d'installer le campement. Ni plantes ni animaux ne se présentèrent sur notre chemin pour se faire honorer en nous servant de nourriture.

Nous ne trouvâmes pas d'eau. L'air était un grand vide chaud et immobile. Je finis par abandonner et décidai de faire halte.

Le soir, je demandai de l'aide. Nous n'avions rien à manger, rien à boire. Je parlai à Ooota, mais il m'ignora. Je m'adressai aux autres, sachant qu'ils ne comprenaient pas ma langue mais pouvaient entendre le langage de mon cœur. Je dis à chacun :

– Aide-moi, aide-nous !

Mais personne ne réagit.

Ils discutaient pendant ce temps des individus qui, à un moment donné de leur vie, marchent à la traîne et je me demandai si nos clochards et nos sans-abri, aux États-Unis, ne s'installent pas dans leur rôle de victimes. Le

170

juste milieu, voilà la position à laquelle la plupart des Américains semblent aspirer : ni trop riche ni trop pauvre, pas mortellement malade. Mais pas non plus en trop grande forme. Et pas tout à fait pur moralement, mais pas non plus trop gravement coupable. Tôt ou tard, nous devons forcer les choses et mener, ne serait-ce que pour nous sentir responsables.

Je m'endormis, en passant sur mes lèvres craquelées une langue parcheminée et insensible. Je ne saurais dire si la sensation d'étourdissement ressentie était due à la faim, à la chaleur ou à l'épuisement.

Le second jour, nous marchâmes encore sous ma direction, par une chaleur torride. La contraction de ma gorge m'empêchait d'avaler. Ma langue cartonnée me paraissait rigide et gonflée contre mes dents comme une grosse éponge sèche. J'avais aussi du mal à respirer. Quand je m'efforçais d'inspirer l'air chaud pour l'envoyer dans mes poumons, je comprenais ce qu'avait voulu dire Cygne-Royal en me parlant du bonheur de posséder un nez de koala. Leur nez épaté, avec ces narines béantes, était mieux adapté à l'air chaud que mon petit nez occidental aux narines étroites.

L'horizon dénudé devenait de plus en plus hostile. Il paraissait défier l'humanité et appartenir à un monde inhumain. Cette terre semblait avoir gagné toutes les batailles contre le progrès et considérer toute forme de vie comme étrangère. On ne voyait ni routes ni avions au-dessus de nos têtes, et pas une seule trace de créature vivante.

Je savais que nous mourrions si la tribu tardait à m'aider. Nous marchions lentement et chaque pas était une souffrance. Un nuage sombre lourdement chargé de pluie dérivait au loin. C'était un supplice de le voir devant nous car nous ne marchions pas assez vite pour le rattraper et profiter de ses bienfaits. Nous ne pouvions même pas nous rapprocher assez pour nous abriter dans son ombre et le regardions de loin, obsédés par toute cette eau génératrice de vie qui dansait là-bas comme la carotte devant le nez de l'âne.

Plus tard, je criai. Peut-être pour me prouver que je pouvais encore le faire, peut-être de désespoir, mais cela ne servit à rien : le monde engloutit mon cri, comme un monstre glouton et repu. Des mirages d'eau fraîche miroitaient devant mes yeux mais nous n'atteignions jamais que du sable.

Le second jour s'écoula sans eau, sans nourriture et sans aide. J'étais trop épuisée, malade et découragée pour me servir de ma peau de bête comme oreiller. Je pense que j'ai dû m'évanouir et non dormir.

Le troisième matin, j'allai trouver chaque membre du groupe et le suppliai à genoux aussi fort que mon corps à l'agonie me le permettait :

– Aide-moi, je t'en supplie. S'il te plaît, sauve-nous !

J'avais du mal à articuler, parce que ma langue sèche se collait à l'intérieur de mes joues.

Tous m'écoutèrent et me regardèrent avec intensité, puis me sourirent. J'eus l'impression qu'ils pensaient : « Nous aussi avons faim et soif, mais c'est ton expérience, c'est pourquoi nous te soutenons totalement dans ce que tu dois apprendre. » Personne ne proposa de m'aider.

Nous poursuivîmes notre marche. L'air était immobile et le monde inhospitalier semblait n'être que défiance contre mon intrusion. Il n'y avait ni secours ni échappatoire possible. Engourdi de chaleur, mon corps ne réagissait plus. J'étais en train de mourir. Je reconnaissais les signes de déshydratation fatale. C'était ça. Je mourais.

Mes pensées bondissaient d'un sujet à l'autre, je me rappelais ma jeunesse. Mon père travaillait dur pour les Chemins de fer de Santa Fe. Il était si bel homme. Jamais, de toute ma vie, il ne m'avait refusé son amour, son soutien, ses encouragements. Maman était toujours disponible. Je la revoyais nourrir les vagabonds qui savaient, comme par magie, que la porte de notre maison ne leur serait jamais fermée. Ma sœur était une étudiante brillante, jolie et si recherchée que je la regardais pendant des heures se préparer pour ses rendez-vous. En grandissant, mon seul désir était de devenir comme elle. Je revoyais mon petit frère en train de câliner le chien et de se plaindre que les filles à l'école insistaient pour lui tenir la main. Enfants, nous nous entendions bien tous les trois et nous nous serrions les coudes dans toutes les circonstances. Mais les années nous avaient séparés et, ce jour-là, je sus que ni mon frère ni ma sœur ne percevaient mon désespoir. J'avais lu que, quand on meurt, on voit sa vie défiler en une succession de tableaux. Ma vie ne défilait pas comme un film mais d'étranges images me revenaient : moi, dans la cuisine, essuyant la vaisselle et apprenant l'orthographe des mots. L'expression la plus difficile était « conditionnement d'air ». Je me revoyais amoureuse d'un marin, je revoyais notre mariage à l'église, puis le miracle des accouchements : tout d'abord la naissance de mon petit garçon, puis, à la maison, celle de ma fille. Je me souvins de mes divers emplois, de mes études, de mes diplômes, puis je me retrouvai mourante dans le désert australien. À quoi tout cela rimait-il ? Avais-je accompli ce qui était le but de ma vie ? « Mon Dieu, pensai-je, aidez-moi à comprendre ce qui m'arrive. »

En un éclair, la réponse fut là. Quinze mille kilomètres me séparaient de ma maison américaine, mais ma pensée n'avait pas bougé d'un centimètre. Je venais d'un monde gouverné par l'hémisphère cérébral gauche, régi par la logique, le jugement, la lecture, l'écriture, les mathématiques, les lois de la cause et de l'effet. Or, ici, j'étais dans une réalité d'hémisphère droit, peuplée de personnes qui n'utilisaient aucun de mes si importants concepts éducatifs et n'obéissaient pas à mes obligations civilisées. C'étaient des maîtres du cerveau droit, qui utilise la créativité, l'imagination, la connaissance intuitive et les concepts spirituels. Ils ne jugeaient pas nécessaire de s'exprimer verbalement : ils communiquaient par la pensée, la prière, la méditation, donnez à leur méthode le nom que vous voulez. J'avais supplié qu'on m'aide à haute voix. Comme j'avais dû leur paraître ignorante ! Une Vraie Personne aurait demandé en silence, d'esprit à esprit, de cœur à cœur, conscience individuelle liée à la conscience universelle qui relie toute vie. Je m'étais considérée comme séparée, distincte du Vrai Peuple. Ils m'avaient pourtant bien dit que nous ne sommes qu'un et qu'ils vivent dans la nature comme Un, mais, jusqu'alors, je les avais observés, en me plaçant à part. Il me fallait devenir Un avec eux, avec l'univers, et communiquer comme le fait le Vrai Peuple. Ce que je fis immédiatement. Mentalement, je dis merci à la source de cette révélation et, en esprit, je suppliai : « Aidez-moi, je vous en prie, aidez-moi. » J'utilisai les mots que la tribu prononçait chaque matin : « Si c'est pour mon plus grand bien et pour le bien de toute vie, en tous lieux, apprenez-moi. »

Une pensée me vint aussitôt : « Mets la pierre dans ta bouche. » Je regardai autour de moi. Il n'y avait pas de pierre. Nous foulions du sable fin. La pensée revint : « Mets la pierre dans ta bouche. » Je me souvins alors de la petite pierre que j'avais choisie au début du voyage et que je conservais depuis plusieurs mois dans le sillon entre mes seins. Je l'avais oubliée. Je la pris, la mis dans ma bouche, la suçai et, comme par miracle, un peu de salive humidifia mon palais. J'avalai, l'espoir revint. Peut-être ne mourrais-je pas ?

« Merci, merci, merci », répétai-je intérieurement. J'aurais voulu pleurer, mais mon corps ne pouvait plus se permettre le luxe des larmes. Je continuai à demander mentalement de l'aide : « Je peux apprendre, je ferai ce qu'il faut. Aidez-moi à trouver de l'eau. Je ne sais pas quoi faire, quoi chercher, quelle direction prendre. »

Une autre pensée vint alors : « Sois eau. Sois eau toi-même. Quand tu seras eau, tu trouveras de l'eau. » Je ne savais pas ce que cela voulait dire. Cela n'avait aucun sens. Sois eau ! C'était impossible. Mais je me concentrai pour oublier ma propre programmation réalisée par une société fondée sur la domination des cerveaux gauches. Je chassai la logique ; je chassai la raison. Je m'ouvris à l'intuition et, fermant les yeux, je m'efforçai de devenir eau. Tout en marchant, j'utilisais tous mes sens. Je sentais l'odeur de l'eau, la goûtais, l'entendais, la percevais, la voyais. Je fus fraîche, bleue, limpide, boueuse, tranquille, ondulée, glacée, fondante. Je fus vapeur, buée, pluie, neige. Je fus mouillée, vivifiante, éclaboussante, envahissante, illimitée. Je fus tour à tour toutes les images d'eau qui me vinrent à l'esprit.

Nous traversions une plaine qui s'étendait à perte de vue sans aucun relief à l'exception d'un mamelon jaunâtre, une sorte de dune sableuse d'environ 1,80 mètre de hauteur, marquée au centre par une saillie rocheuse, et qui paraissait déplacée dans ce morne paysage. Je la gravis, les yeux mi-clos sous l'éblouissante lumière, et, presque en transe, je m'assis sur le rocher. Devant moi, en contrebas, mes amis arrêtés me regardaient en souriant jusqu'aux oreilles. Je leur rendis faiblement leur sourire et je posai la main gauche sur le roc pour m'équilibrer. Je sentis une humidité et tournai la tête. Là, derrière moi, dans le prolongement de la saillie sur laquelle j'étais perchée, il y avait une cuvette rocheuse de trois mètres de diamètre et d'environ cinquante centimètres de profondeur, remplie d'une eau cristalline laissée par le nuage tentateur de la veille.

Je crois vraiment que cette première gorgée d'eau tiède me rapprocha plus de notre Créateur que toutes les communions à l'église. Sans montre, je ne peux déterminer le temps exact, mais je pense qu'il ne s'est pas écoulé plus de trente minutes entre le moment où j'ai commencé à être eau et celui où nous avons plongé la tête dans la cuvette rocheuse en poussant des cris de joie.

Alors que nous en étions encore à fêter notre succès, un grand reptile s'approcha de nous. Il était énorme, il avait l'air de débarquer tout droit de la préhistoire, mais il était bien réel. Rien n'aurait pu mieux tomber pour notre dîner que cette créature de science-fiction et la viande nous procura une euphorie bien connue des banqueteurs.

Ce soir-là, je compris la croyance de la tribu en la relation de la terre avec les caractéristiques des ancêtres tribaux. Notre coupe rocheuse géante semblait avoir poussé sur cet environnement plat comme le sein nourricier de quelque parent du passé qui aurait insufflé sa conscience corporelle dans la matière inorganique pour sauver nos vies. Je baptisai le mamelon Georgia Catherine, les prénoms de ma mère.

Je levai les yeux vers l'immensité et je remerciai, certaine désormais que le monde est un lieu d'abondance. Il est rempli de gens prêts à nous aider, à partager notre vie si nous les laissons faire. Il y a de l'eau et de la nourriture pour tous si nous sommes assez ouverts pour recevoir et pour donner. Plus important encore, je savais maintenant où trouver sans difficulté une direction spirituelle : de l'aide, j'en obtiendrais dans chaque épreuve, même dans l'affrontement avec la mort, même dans la mort elle-même, maintenant que j'avais appris à tracer mon propre chemin.

22

LE SERMENT

Dans ma vie avec la tribu, je ne faisais aucune différence entre les jours de la semaine. Nous n'avions d'ailleurs aucun moyen de savoir quel jour nous étions. Le temps n'était pas un souci. Un jour, j'eus l'étrange impression que c'était Noël. Pourquoi ? Je l'ignore. Rien n'avait pu me suggérer l'image d'un sapin décoré ou d'une carafe de cristal remplie du lait de poule traditionnel. Mais nous étions probablement le 25 décembre. Cela me fit penser aux jours de la semaine et à un incident qui s'était produit dans mon cabinet quelques années plus tôt.

Dans la salle d'attente, il y avait deux prêtres qui discutaient religion. Le ton montait, tandis qu'ils se disputaient à propos du jour du vrai Sabbat. Selon la Bible, était-ce le samedi ou le dimanche ? Ici, dans le désert, ce souvenir me parut comique parce qu'en Nouvelle-Zélande, c'était déjà Noël alors qu'aux États-Unis, nous étions encore la veille du grand jour. J'imaginai cette fameuse ligne rouge que j'avais vue tracée à travers l'océan sur l'atlas mondial. Le temps s'arrête et commence là. C'est là, sur cette frontière invisible et sur cette mer perpétuellement mouvante, que naît chaque jour de la semaine.

Je me revoyais aussi, étudiante à la St. Agnes High School, assise un vendredi soir sur un tabouret au drive-in d'Allen. Nous avions posé devant nous d'énormes sandwichs et attendions que la pendule marque minuit. Avaler une bouchée de viande le vendredi était un péché mortel, avec son corollaire, la damnation éternelle. Quelques années plus tard, la règle avait changé, mais personne ne répondait à la question : qu'était-il arrivé aux pauvres âmes pécheresses déjà condamnées ? Tout cela me paraissait stupide.

Je ne connais pas de plus belle façon de justifier l'existence de Noël que la manière dont le Vrai Peuple vit sa vie : il n'a pas de jours fériés annuels, comme nous. De temps à autre, dans l'année, on honore un membre de la tribu, non pas le jour de son anniversaire, mais plutôt pour reconnaître son talent, sa contribution à la communauté, ses progrès spirituels. Ce n'est pas le fait de vieillir qu'on fête, mais celui de devenir meilleur.

Une femme avait pour nom Gardienne-du-Temps. Le Vrai Peuple pense que nous possédons tous plusieurs talents et que nous progressons par degrés. Gardienne-du-Temps était une artiste du temps. Elle collaborait avec une autre personne capable, elle, de se souvenir des plus petits détails. Quand je lui demandai des explications, elle me dit que les membres de la tribu se servaient de son talent quand ils avaient besoin d'être guidés et qu'on me dirait plus tard si je pouvais ou non accéder à cette connaissance.

Depuis trois soirs, la conversation ne m'était pas traduite et je savais que la discussion portait sur la question de savoir s'il fallait me communiquer une certaine information. Ce n'était pas seulement ma personne qui était en cause, mais le fait que je représentais tous les Mutants de l'univers. J'avais l'impression que l'Ancien, durant ces trois soirées, m'avait défendue tandis qu'Ooota était contre moi. Je me rendais compte que j'avais été choisie pour une expérience qu'aucun étranger n'avait jamais partagée jusqu'alors. Peut-être était-ce trop leur demander que de partager avec eux la garde du temps.

Nous poursuivîmes notre marche. Le terrain rocheux et sablonneux, parsemé d'une végétation pauvre, paraissait plus vallonné. Une dépression semblait avoir été creusée par le passage d'innombrables générations du Vrai Peuple. Sans crier gare, le groupe s'arrêta. Deux hommes s'avancèrent et, écartant des broussailles entre deux arbres et des blocs de rochers, dégagèrent une ouverture au flanc de la colline. Le sable, amoncelé par le vent devant l'entrée, fut enlevé et Ooota me dit :

– Nous allons te permettre de prendre connaissance de la garde du temps. Quand tu auras vu, tu comprendras le dilemme auquel mon peuple a dû faire face. Tu ne pourras entrer qu'après avoir juré de ne jamais révéler l'emplacement de cette caverne.

Tout le monde entra et je restai dehors. Je sentis une odeur de fumée et vis de légers filets s'échapper du rocher qui coiffait la colline. Un par un, les membres de la tribu vinrent me rejoindre. Le plus jeune d'abord. Il me prit les mains, fixa son regard dans le mien, s'exprima dans son incompréhensible langue. Je percevais son anxiété à l'idée de l'usage que je pourrais faire des connaissances que j'allais acquérir. À travers les inflexions de la voix, le rythme et les pauses de son discours, il m'expliquait que, pour la première fois, la sécurité de son peuple allait être confiée à un Mutant.

Puis vint Conteuse-d'Histoires. Elle aussi me prit les mains et me parla. En plein soleil, son visage paraissait plus noir et ses fins sourcils bleu-noir s'irisaient comme des plumes de paon. Le blanc de ses yeux était comme de la craie. Elle fit un geste pour engager Ooota à être son porte-parole. Il obéit et, tandis qu'elle me tenait les mains, les yeux plongés dans les miens, il me traduisit ses paroles :

– C'est le destin qui t'a fait venir sur ce continent. Avant ta naissance, tu t'es engagée à rencontrer quelqu'un avec lequel tu travaillerais pour votre bien commun. Mais tu t'étais aussi engagée à ne pas rencontrer cet autre jusqu'à ce que cinquante années au moins soient écoulées. Le moment est venu. Tu vas connaître cette personne parce que vous êtes nés au même moment et à ce fait est liée une reconnaissance profonde, au niveau de ton âme. Le pacte se situe au niveau le plus élevé de ton être éternel.

J'étais médusée. Cette femme de la brousse venait de me répéter ce que l'étrange jeune homme du salon de thé m'avait dit peu après mon arrivée en Australie.

Conteuse-d'Histoires ramassa une poignée de sable et me la déposa dans la main, puis elle en prit une autre et écarta les doigts pour laisser le sable couler et me fit signe d'en faire autant. Nous répétâmes le geste à quatre reprises, en l'honneur des quatre éléments, l'eau, le feu, l'air et la terre. Un résidu poudreux resta collé sur mes doigts.

Un par un, les membres de la tribu sortirent de la grotte et me parlèrent en me tenant les mains, mais Ooota ne leur servait plus d'interprète. Après avoir passé un moment avec moi, mon interlocuteur rentrait dans la caverne et le suivant en sortait. Gardienne-du-Temps fut dans les derniers à s'approcher de moi ; Gardienne-de-la-Mémoire l'accompagnait. Main dans la main, nous formâmes une ronde et tournâmes puis, mains toujours unies, nous touchâmes le sol avec les doigts, nous redressâmes en levant les mains vers le ciel. Nous exécutâmes cette figure sept fois, dans les sept directions de l'espace : le nord, le sud, l'est, l'ouest, le dessus, le dessous et le dedans.

Homme-Docteur vint vers la fin et les derniers furent l'Ancien et Ooota. Ils m'expliquèrent que les sites sacrés aborigènes, dont ceux du Vrai Peuple, n'appartiennent plus aux autochtones. Le plus important, Uluru, aujourd'hui appelé l'Ayers Rock, est un énorme bloc rocheux rouge isolé au centre du pays. C'est le plus grand monolithe du monde. Il domine la plaine de ses trois cent cinquante mètres et, comme il est maintenant accessible aux touristes, ceux-ci le gravissent comme des fourmis avant de regagner leurs cars climatisés qui les ramènent aux motels proches où ils terminent la journée dans les eaux chlorées et désinfectées des piscines. Certes, le gouvernement affirme que le site appartient à la fois aux Australiens blancs et aux Aborigènes, mais, bien évidemment, il n'est plus sacré et ne peut plus servir à quoi que ce soit de sacré, même indirectement. Il y a soixante-quinze ans environ, les Mutants ont commencé à tirer des lignes télégraphiques à travers les grands espaces et les Aborigènes ont dû chercher un autre site pour les rassemblements des peuples. Depuis, toutes les œuvres d'art, les sculptures historiques et les reliques ont été enlevées. Des objets sont dans des musées australiens, mais beaucoup ont été exportés. Les sépultures ont été profanées, pillées, et les autels dénudés. Les Mutants manquent tellement de sensibilité qu'ils ont cru que les cultes cesseraient lorsqu'on aurait détruit les sites sacrés et ils n'ont pas imaginé une seconde que la population pourrait s'en aller ailleurs.

Cette période a sonné le glas des grands meetings entre tribus et a marqué le début de l'éparpillement des nations aborigènes. Certains peuples se sont rebellés et ont trouvé la mort dans cette bataille perdue d'avance. D'autres sont allés rejoindre le monde blanc à la recherche des bienfaits promis, parmi lesquels une nourriture inépuisable, et sont morts dans la misère, cette forme légale de l'esclavage.

Les premiers habitants blancs d'Australie étaient des bagnards. Ils arrivaient enchaînés par bateaux entiers : les Britanniques avaient trouvé la solution au problème de la surpopulation des geôles. Même les militaires envoyés pour surveiller les condamnés étaient des hommes jugés indésirables par les tribunaux de la Couronne. Leur peine purgée, les bagnards étaient libérés. Méprisés et sans un sou, ils devenaient des intendants féroces, avides d'exercer un pouvoir sur plus faibles qu'eux-mêmes : les Aborigènes remplirent ce rôle.

Ooota me révéla que sa tribu était revenue vers ce site environ douze générations auparavant :

– Ce lieu sacré a permis à notre peuple de survivre depuis le commencement des temps, quand la terre était couverte d'arbres et même quand le déluge est venu tout recouvrir. Ici, il était en sécurité. Vos avions ne l'ont pas repéré et les gens de chez vous ne survivent pas assez longtemps dans le désert pour parvenir à le découvrir. Peu d'humains savent qu'il existe. Les objets anciens de notre peuple ont été volés par votre peuple. Nous ne possédons plus rien, à part ce que tu vas voir ici, sous la terre. Aucune autre tribu aborigène ne possède d'objets matériels liés à son histoire : les Mutants ont tout pillé. C'est tout ce qui reste d'une nation entière, d'une race entière, le Vrai Peuple de Dieu. Le premier peuple de Dieu, les seuls êtres humains véritables qui restent sur la planète.

Dans l'après-midi, Femme-Guérisseuse, chargée d'un seau de peinture rouge, s'approcha de moi pour la seconde fois. Les couleurs utilisées pour les peintures corporelles représentent, entre autres, les quatre composantes du corps : os, nerfs, sang, tissus. Je reçus l'ordre de me couvrir le visage de peinture. J'obéis. Puis tout le monde sortit et, fixant mes yeux dans les yeux de chacun, tour à tour, je fis le serment de ne jamais révéler la localisation du site sacré.

Cela fait, nous pénétrâmes dans la caverne.

23

LE TEMPS DU RÊVE

Nous étions dans une immense salle aux murs rocheux percés de passages orientés dans diverses directions. Des bannières colorées ornaient les parois, des statues saillaient sur des avancées de pierre. Ce que je vis dans un coin me fit douter de ma raison : un jardin ! Au sommet de la colline, les rocs avaient été disposés de façon que la lumière puisse passer et j'entendais nettement un bruit d'eau tombant goutte à goutte sur le rocher. Une eau souterraine, canalisée dans une rigole, y coula en permanence durant tout notre séjour. L'endroit était peu encombré et simple, mais il donnait une impression de vie.

C'est la seule fois où je vis les membres de la tribu revendiquer des possessions que je pourrais qualifier de biens personnels. Dans la caverne, qui abritait des objets de cérémonie et un matériel de couchage un peu plus confortable, formé d'épais matelas de peaux, je reconnus des sabots de dromadaires transformés en outils de coupe. Je vis une salle que j'appellerai le musée, où s'entassait une foule de choses rapportées par les éclaireurs de leurs expéditions en ville. Il y avait des photos de magazines représentant des télévisions, des ordinateurs, des automobiles, des tanks, des lance-roquettes, des machines à sous, des monuments célèbres, des courses variées et même des plats gastronomiques aux couleurs éclatantes. Je vis aussi des objets : lunettes de soleil, rasoir, ceinture, fermeture éclair, épingles de sûreté, pinces, thermomètre, piles, crayons et stylos, ainsi que quelques livres.

Un coin était occupé par l'atelier de fabrication d'une sorte de tissu composé de laine et de fibres provenant de trocs avec d'autres tribus. Le Vrai Peuple fait aussi des bâches avec des écorces d'arbres et fabrique parfois de la corde. Je remarquai un homme qui, assis, prenait quelques fibres, les roulait sur sa cuisse et les torsadait tout en ajoutant des fibres nouvelles pour allonger le brin. Puis il entrelaçait plusieurs brins pour former des cordages d'épaisseurs variées. Les cheveux sont aussi employés dans divers tissages. Je n'avais pas encore compris que mes compagnons ne couvraient leur corps en ma présence que parce qu'ils savaient qu'il me serait difficile, voire impossible à ce stade de mon évolution, de vivre nue parmi d'autres corps nus.

J'allais d'émerveillement en émerveillement et Ooota m'expliquait au fur et à mesure. Dans

188

les recoins, il fallait des torches, mais tout le rez-de-chaussée avait un plafond rocheux qui laissait passer la lumière et permettait, de l'extérieur, de faire varier l'éclairage, de la pénombre au plein jour.

Cette caverne n'est pas un lieu de culte car, en fait, toute la vie des membres du Vrai Peuple n'est qu'un acte d'adoration perpétuelle. Ce site sacré est le lieu où ils enregistrent l'histoire, où ils enseignent la Vérité et préservent leurs valeurs. Où ils se protègent contre la pensée des Mutants.

À notre retour dans la grande salle, Ooota prit en main les statues de bois et de pierre pour que je puisse les examiner de près. Les narines frémissantes, il m'expliqua que les coiffures révèlent la personnalité d'une statue. La coiffure courte représente les pensées, la mémoire, le pouvoir décisionnel, la conscience physique des sens, les plaisirs et les souffrances, ce que je relie à l'esprit conscient et subconscient. Une coiffure haute représente notre esprit créateur, notre capacité à puiser dans la connaissance et à inventer des objets nouveaux, à avoir des expériences réelles ou irréelles, à plonger dans le réservoir de sagesse de toutes les créatures et de tous les humains qui ont vécu. En général, les gens recherchent les informations sans paraître comprendre que la sagesse, elle aussi, cherche à s'exprimer. La coiffure haute figure aussi notre moi réel et parfait, la partie éternelle qui est en chacun de nous, celle que nous pouvons mobiliser quand nous avons besoin de savoir si l'action que nous envisageons est bonne pour nous. Il y a une troisième coiffure qui se déploie devant le visage sculpté et tombe dans le dos du personnage jusqu'au sol. Elle représente la relation entre les trois aspects : physique, émotionnel et spirituel.

La plupart des statues comportaient de minutieux détails mais, à ma grande surprise, l'une d'elles n'avait pas de pupilles et semblait aveugle.

– Vous, vous croyez que l'Unité divine voit et juge les gens, me dit Ooota. Pour nous, l'Unité divine perçoit les intentions et l'émotion des êtres vivants et s'intéresse moins à ce que nous faisons qu'aux raisons de nos actes.

Ce soir-là fut le plus significatif de tout le voyage, car j'appris pourquoi j'étais là et ce qu'on attendait de moi.

Il y eut une cérémonie. Je regardai les artistes préparer une peinture à base d'argile blanche : deux nuances d'ocre rouge, un jaune citron. Faiseur-d'Outils fabriqua des pinceaux avec des bâtonnets d'environ quinze centimètres de longueur, puis il en effrangea le bout qu'il égalisa avec les dents. Mes compagnons ornèrent leurs corps de dessins et de peintures représentant des animaux. Ils me revêtirent d'un costume en plumes parmi lesquelles ondulaient de douces plumes d'émeu couleur de vanille. Je devais imiter le martin-chasseur géant. Mon rôle dans la cérémonie consistait à représenter l'oiseau comme un messager, volant aux quatre coins du monde. Le martin-chasseur géant est un bel oiseau mais on compare souvent son cri perçant au braiment de l'âne. Il a un sens aigu de la survie. C'est un gros oiseau et ce choix paraissait tout à fait justifié.

À la fin des chants et des danses, nous formâmes un petit cercle. Nous étions neuf : l'Ancien, Ooota, Homme-Docteur, Femme-Guérisseuse, Gardienne-du-Temps, Gardienne-de-la-Mémoire, Bâtisseur-de-Paix, Frère-des-Oiseaux, et moi.

L'Ancien s'assit en face de moi, les jambes repliées sous lui. Il se pencha en avant et planta son regard dans le mien. De l'extérieur du cercle, quelqu'un lui tendit un gobelet de pierre rempli d'un liquide dont il prit une petite gorgée. Son regard ne vacilla pas, tandis qu'il passait le gobelet à son voisin de droite.

– Nous, dit-il, tribu du Vrai Peuple de l'Unité divine, allons quitter la planète Terre. Nous avons décidé de vivre le temps qui nous reste au plus haut niveau spirituel, en célibataires, ce qui est une façon de démontrer notre discipline physique. Nous n'aurons plus d'enfants. Quand le plus jeune membre de la tribu mourra, il sera le dernier représentant de la pure race humaine.

» Nous sommes des êtres éternels. Dans l'univers, il y a de nombreux endroits où les âmes qui doivent prendre notre suite peuvent acquérir la forme humaine. Nous sommes les descendants directs des premiers êtres vivants. Nous avons subi et réussi l'épreuve de survivance

191

depuis le commencement des temps, en adhérant fermement aux lois et aux valeurs originales. C'est la conscience de notre groupe qui maintient la cohésion de la terre. Mais nous avons reçu la permission de partir. La population du monde a changé et sacrifié une partie de l'âme de la terre. Nous devons la rejoindre au ciel.

» Tu as été choisie comme messagère pour raconter aux gens de ton espèce que nous partons. Nous vous abandonnons la Terre, notre mère. Nous prions pour que vous preniez conscience de ce que vos façons de vivre font à l'eau, aux animaux, à l'air, à vous tous. Nous prions pour que vous trouviez une solution à vos problèmes sans détruire ce monde. Il existe des Mutants prêts à retrouver leur Être véritable. Il est encore temps d'inverser le processus de destruction de la planète, mais nous ne pouvons plus rien pour vous. Notre temps est achevé. Déjà le système des pluies a changé, la chaleur s'accroît, nous voyons depuis des années animaux et plantes dépérir. Nous ne pouvons plus procurer de forme humaine aux esprits pour qu'ils s'incarnent car bientôt il n'y aura plus ni eau ni nourriture dans le désert.

J'étais abasourdie. Tout cela avait donc un sens : le groupe s'était ouvert pour accueillir un étranger parce qu'il lui fallait un messager. Mais pourquoi moi ?

Le gobelet de liquide me parvint. J'avalai une gorgée. Le goût était acide, un peu comme un mélange de vinaigre et de whisky sec. Je fis circuler le gobelet vers la droite. L'Ancien reprit :

– Le moment est venu de laisser reposer ton corps et ta pensée. Dors, ma sœur ; demain, nous parlerons encore.

Le feu n'était plus qu'une masse de braises rougeoyantes. La chaleur montait, s'échappant par les grandes ouvertures de la voûte. Incapable de m'endormir, je m'approchai de Bâtisseur-de-Paix et lui demandai si nous pouvions bavarder :

– Oui, me dit-il.

Ooota donna son accord et nous entamâmes une longue conversation compliquée.

Bâtisseur-de-Paix, dont le visage était aussi buriné que le paysage que nous venions de traverser, me dit qu'au commencement du temps, à l'époque appelée le *temps du rêve*, toute la terre était rassemblée. L'Unité divine créa la lumière et le premier lever de soleil fit voler en éclats l'obscurité éternelle. Dans le vide céleste, des disques furent placés en rotation. Notre planète en faisait partie. Elle était plate et sans caractères particuliers. Sa surface était nue, rien ne la recouvrait. Tout était silence. Il n'y avait pas de fleur vacillant dans la brise et, d'ailleurs, il n'y avait pas de brise. Ni oiseau ni son ne troublaient ce vide muet. L'Unité divine, alors, donna à chaque disque la faculté de connaître en attribuant à chacun des choses différentes. La conscience vint d'abord. Elle engendra l'eau, l'atmosphère, la terre. Puis vinrent toutes les formes temporaires de vie.

– D'après mon peuple, ce que les Mutants appellent Dieu, ils ont du mal à le définir parce qu'ils sont des drogués de la forme. Pour nous, l'Un n'a ni taille, ni forme, ni poids. L'Un est essence, créativité, pureté, amour, énergie illimitée et sans frein.

De nombreuses histoires tribales citent le Serpent-Arc-en-Ciel ; il représente la trame de l'énergie ou conscience qui, au départ, est paix absolue, puis se transforme en vibration et devient son, couleur et forme.

Il me semblait que ce dont Ooota parlait n'avait rien à voir avec la conscience d'être éveillé ou inconscient, mais plutôt avec une sorte de conscience créatrice, qui est toute chose. Elle est dans les rochers, les plantes, les animaux, l'humanité. Les humains ont été créés, mais le corps humain ne fait qu'héberger la partie de nous qui est éternelle. D'autres êtres éternels habitent d'autres lieux de l'univers. Selon les croyances tribales, l'Un divin a d'abord créé la femelle, puis le monde a été chanté et est né. L'Unité divine n'est pas une personne, c'est Dieu, puissance suprême, positive et aimante. Il a créé le monde par expansion de l'énergie.

Le Vrai Peuple pense que les humains ont été créés à l'image de Dieu, mais pas à son image physique parce que Dieu n'a pas de corps. Les âmes ont été créées à l'image de l'Unité divine, ce qui signifie qu'elles sont capables de pur amour et de paix, qu'elles sont créatives et sont les gardiennes d'innombrables choses. Nous avons été créés libres et la terre nous a été donnée comme lieu d'apprentissage des émotions, qui ne sont intenses que lorsque l'âme occupe une forme humaine.

Le temps du rêve se divise en trois parties : il y a eu le temps avant le temps ; il y a aussi eu le temps du rêve d'après l'apparition de la terre, mais à l'époque où elle n'avait pas encore de caractéristiques. Les premiers peuples, tandis qu'ils faisaient l'expérience des émotions et des actions, découvrirent qu'ils étaient libres d'éprouver de la colère s'ils le jugeaient bon. Ils pouvaient rechercher des situations suscitant leur colère ou en créer qui soient capables de la déclencher. On ne doit pas gaspiller son temps à entretenir des sentiments et des émotions comme les soucis, l'avidité, la concupiscence, le mensonge ou la puissance et c'est pourquoi les premiers peuples ont disparu. À leur place sont apparus une masse de rochers, une chute d'eau, une falaise, ou autre chose encore. Ces choses existent toujours dans le monde, ce sont des lieux de réflexion pour quiconque a la sagesse d'accepter leur enseignement. C'est la conscience qui a engendré la réalité. La troisième partie du temps du rêve, c'est *maintenant*. Le temps du rêve se poursuit ; la conscience continue à créer notre monde.

C'est une des raisons pour lesquelles la tribu ne croit pas que le fait de posséder de la terre se justifie. La terre appartient à tout ce qui existe. Le véritable mode humain de vie est le partage. La possession est l'acte suprême d'exclusion d'autrui par pur égoïsme. Avant l'arrivée des Anglais, personne n'était privé de terre en Australie.

La tribu croit que les premiers êtres humains terrestres sont apparus en Australie à l'époque où toutes les terres de la planète n'en faisaient qu'une. Les scientifiques nous parlent de la Pangée, masse unique qui existait il y a 180 millions d'années et qui finit pas se scinder en deux : la Laurasie au nord avec les continents septentrionaux et la Gondwanie au sud, comprenant l'Australie, l'Antarctique, l'Inde, l'Afrique et l'Amérique du Sud. L'Inde et l'Afrique ont dérivé il y a 65 millions d'années, abandonnant l'Antarctique au sud et l'Australie et l'Amérique du Sud au milieu.

Dès le début de l'histoire de l'humanité, les gens ont exploré leur environnement, allant de plus en plus loin. Confrontés à de nouvelles situations, au lieu de s'en tenir à leurs principes de base, ils ont adopté pour survivre des émotions et des actions agressives. Plus ils s'éloignaient, plus leur système de croyances se modifiait et plus leurs valeurs changeaient. Même leur aspect extérieur a fini par changer : sous les climats septentrionaux plus froids, la couleur de la peau s'est éclaircie.

La tribu ne fait pas de discrimination fondée sur la couleur de la peau, mais elle est persuadée qu'au début nous étions tous de la même couleur et que nous sommes en train de revenir à une seule couleur mélangée.

Les Mutants possèdent des caractéristiques spécifiques. Primo, ils ne peuvent plus vivre à l'extérieur et la plupart d'entre eux meurent sans savoir ce que c'est que de s'être offert, nu, à la pluie. Ils passent leur temps dans des immeubles chauffés et rafraîchis par des moyens artificiels et, à l'extérieur, ils souffrent de coups de soleil et de coups de chaleur à une température normale. Secundo, les Mutants n'ont plus le bon système digestif du Vrai Peuple. Ils doivent réduire leurs aliments en poudre ou en purée, les cuisiner, les conserver. Ils consomment davantage d'aliments non naturels que d'aliments naturels. Ils en sont arrivés à développer des allergies aux aliments de base et aux pollens de l'air. Parfois, les bébés des Mutants ne tolèrent même pas le lait de leur mère.

Les Mutants ont une compréhension limitée parce qu'ils mesurent le temps par rapport à eux-mêmes. Ils sont incapables de connaître d'autre moment que l'aujourd'hui et c'est pourquoi ils détruisent sans penser au lendemain.

Mais la grande différence entre les humains de notre époque et ceux des origines, c'est que les Mutants sont habités par la peur. Le Vrai Peuple ne connaît pas la peur. Les Mutants menacent leurs enfants. Ils ont besoin de sanctions pénales et de prisons. Même la sécurité des gouvernements est fondée sur la menace armée envers les autres pays. Pour la tribu, la peur est une émotion du royaume animal où elle joue un rôle important dans la survie. Mais si les humains connaissaient l'Unité divine et comprenaient que l'univers n'est pas le fruit du hasard mais un plan en cours de déploiement, ils ne pourraient pas avoir peur. Ou vous avez la foi, ou vous avez peur, mais vous ne pouvez avoir les deux. Les choses engendrent la peur et plus vous posséderez de choses, plus vous aurez peur. Et, finalement, vous vivrez votre vie pour les choses.

Comme les missionnaires leur paraissaient absurdes quand ils forçaient les Aborigènes à apprendre à leurs enfants à joindre les mains pour rendre grâces deux minutes avant les repas ! Alors que, chaque matin, les membres du Vrai Peuple se réveillent débordants de gratitude ! Rien, dans le courant de la journée, n'est jamais considéré comme un dû, comme allant de soi. Si les missionnaires ont besoin d'apprendre la reconnaissance à leurs propres enfants, alors que c'est un sentiment inné chez tous les humains, ils feraient bien d'examiner très sérieusement leur société. Peut-être est-ce eux qui ont besoin d'aide.

La tribu ne comprend pas non plus pourquoi les missionnaires interdisent les offrandes à la terre. Tout le monde sait que moins vous exigez de la terre, moins vous lui devez en échange. Le Vrai Peuple ne voit rien de barbare dans le fait de payer une dette à la terre ou de lui manifester sa gratitude en laissant tomber quelques gouttes de sang sur le sable. Il respecte aussi la volonté de la personne qui, désirant mettre fin à son existence terrestre, cesse de s'alimenter et s'assoit dehors. La mort par accident ou par maladie n'est pas naturelle. Après tout, on ne peut pas tuer ce qui est éternel : puisqu'on ne l'a pas créé, on ne peut pas le détruire. Le Vrai Peuple croit au libre arbitre. Les âmes choisissent librement de venir au monde, alors pourquoi des règles leur interdiraient-elles de retourner chez elles ? Cette réalité manifestée n'est pas le fruit d'une décision personnelle : c'est une décision prise par un moi omniscient au plan de l'éternité.

La façon naturelle de mettre fin à l'expérience humaine consiste à exercer son libre choix. Vers cent vingt ou cent trente ans, quand un être humain éprouve le très grand désir de rejoindre l'éternité après avoir interrogé l'Unité divine pour savoir si cette aspiration est pour son plus grand bien, il demande une cérémonie, une célébration de sa vie. Depuis des siècles, le Vrai Peuple accueille les nouveau-nés à leur naissance avec la même phrase. Au commencement de la vie, tout le monde entend ces mêmes premiers mots : « Nous t'aimons et nous t'aiderons pendant le voyage. » Lors de l'ultime cérémonie, les membres du groupe prennent le vieillard dans leurs bras et lui répètent cette phrase. Oui, on entend les mêmes mots à l'arrivée et au départ ! Puis, la personne qui veut partir s'assied dans le sable, bloque ses systèmes corporels et, en moins de deux minutes, c'est fini. Il n'y a ni chagrin ni larmes. Le Vrai Peuple a consenti à m'enseigner un jour la technique de retour du plan humain au plan invisible quand je serai prête à assumer la responsabilité de cette connaissance.

Le terme Mutant semble correspondre davantage à un état d'esprit et de cœur qu'à une couleur de peau ou à une personne. C'est une attitude. Un Mutant, c'est quelqu'un qui a perdu ou qui a occulté une très ancienne mémoire et des vérités universelles.

Nous dûmes cesser de bavarder. Il était très tard et nous étions épuisés. La veille, la caverne était vide, mais cette nuit-là, elle était pleine de vie. Hier, mon cerveau était bourré par des années d'éducation : cette nuit, il était comme une éponge prête à absorber une connaissance différente et plus importante. Le mode de vie du Vrai Peuple m'était si étranger et exigeait de moi un tel effort de compréhension que je fus remplie de gratitude quand un voile d'inconscience paisible tomba sur ma pensée consciente.

24

ARCHIVES

Le lendemain, je fus autorisée à visiter un passage, appelé Gardien-du-Temps, éclairé par une cheminée aménagée dans le roc. Une fois par an, la lumière pénètre directement dans la crevasse rocheuse et forme un dessin précis, et la tribu sait alors qu'un an s'est écoulé. Une grande cérémonie a lieu ce jour-là, pour honorer les deux femmes Gardienne-du-Temps et Gardienne-de-la-Mémoire. Les deux archivistes exécutent alors leur rituel annuel : elles créent sur le mur une peinture qui relate toute les activités significatives de la tribu pendant les six saisons aborigènes écoulées. Les naissances et les morts sont consignées ainsi que le jour de la saison et l'heure solaire ou lunaire, à côté d'autres observations importantes. Je comptai plus de cent soixante peintures et gravures. Leur examen m'apprit que le plus jeune membre de la tribu avait treize ans et que le groupe comptait quatre personnes âgées de plus de quatre-vingt-dix ans.

J'ignorais que l'État australien avait procédé à une quelconque activité nucléaire et, cependant, je la vis inscrite sur la paroi de la grotte. Le gouvernement ignorait sans doute que des êtres humains occupaient les alentours de la zone des essais. Le bombardement de Darwin par les Japonais était aussi inscrit sur le mur. Sans crayon ni papier, Gardienne-de-la-Mémoire se rappelait tous les événements importants dans l'ordre dans lequel ils devaient être enregistrés. Pendant que Gardienne-du-Temps me décrivait leur responsabilité de graveur et de peintre, son visage exprimait un tel bonheur que j'avais l'impression de voir les yeux d'un enfant qui vient de recevoir un cadeau très désiré. Ces deux femmes étaient âgées et c'est avec stupeur que je pensais à nos sociétés si riches en vieillards irresponsables, amnésiques, détraqués ou séniles, tandis qu'ici, dans la brousse, plus les gens prenaient de l'âge, plus ils devenaient sages, plus ils étaient estimés et assumaient un rôle important dans les discussions. Ils étaient des exemples à suivre, les véritables piliers du groupe.

En remontant le temps, j'examinai les gravures de la paroi exécutées l'année de ma naissance. Pendant la saison qui comprenait le mois de septembre, le 29, aux petites heures du jour, une naissance était enregistrée. Je demandai qui cela concernait : c'était Cygne-Noir-Royal, l'Ancien.

202

Je fus stupéfaite. Au cours de notre vie, quel pourcentage de chances avons-nous de rencontrer une personne née le même jour, la même année, à la même heure que nous, à l'autre bout du monde, et d'en recevoir la prédiction ? Je dis à Ooota que je désirais avoir un entretien privé avec Cygne-Noir.

Bien des années auparavant, on avait parlé à Cygne-Noir d'un allié spirituel qui occupait une personnalité née de l'autre côté du globe dans la société des Mutants. Jeune homme, il avait voulu s'aventurer dans la société australienne pour chercher cet allié, mais on lui avait dit qu'il fallait attendre que tous deux atteignent l'âge de cinquante ans au moins de façon à avoir acquis quelque valeur.

Nous comparâmes nos naissances. Sa mère avait longtemps marché, seule, vers un endroit précis. Là, elle avait creusé le sable de ses mains et s'était accroupie au-dessus de la fosse qu'elle avait tapissée de la fourrure très douce d'un koala albinos. Moi, j'étais née dans un hôpital blanc et stérile de l'Iowa après que ma mère, elle aussi, fut venue de la lointaine Chicago pour accoucher à l'endroit de son choix. Le père de Cygne-Noir voyageait et était absent. Le mien aussi. Dans sa vie, il avait changé de nom plusieurs fois. Moi aussi. Cygne-Noir me raconta les circonstances de chaque changement. Le koala blanc apparu sur le chemin de sa mère indiquait que l'esprit de l'enfant qu'elle portait était destiné à diriger. Il avait personnellement fait l'expérience de sa parenté avec le

Cygne-Noir australien et avait plus tard associé le cygne avec le mot que l'on m'avait traduit par « royal ». À mon tour, je lui racontai les circonstances de mes changements de nom.

Que cette analogie fût un mythe ou une réalité n'a guère d'importance car, en cet instant même, une affinité bien réelle s'établit entre nous. Nous eûmes ensuite de nombreux tête-à-tête. La plupart de nos conversations, trop personnelles, n'ont pas leur place dans ce livre mais je puis dire que ce que je pensais, il le pensait aussi.

Cygne-Noir-Royal me dit que dans ce monde où s'affrontent les personnalités, il y a toujours une dualité. J'avais interprété cette dualité comme étant celle du bien et du mal, de la liberté et de l'esclavage, de la conformité et de son contraire. Mais il n'en est pas ainsi. Tout n'est pas blanc ou noir, mais toujours en différentes nuances de gris : et, de plus, tout ce gris retourne peu à peu vers son créateur. Je plaisantai à propos de nos âges et lui dis qu'il me faudrait encore cinquante autres années pour comprendre.

Plus tard, ce même jour, dans le passage Gardien-du-Temps, j'appris que les Aborigènes sont les inventeurs de la peinture par pulvérisation. Soucieux de l'environnement, ils n'emploient pas de produits chimiques toxiques pour fabriquer leurs couleurs et ils ont refusé de changer leur méthode si bien que la technique d'aujourd'hui est toujours celle des années 1000. Avec les doigts et une brosse en poils d'animaux, ils peignirent en rouge sombre une partie du mur. Quelques heures après, la peinture était sèche et l'on me montra comment fabriquer une peinture blanche à partir d'argile, d'eau et d'huile de lézard, en agitant le mélange avec un morceau d'écorce. Quand la consistance fut correcte, l'écorce fut enroulée en entonnoir et je pris de la peinture dans ma bouche. La sensation était curieuse, mais le liquide n'avait presque aucun goût. Je posai la main sur la paroi et soufflai la peinture tout autour. Quand j'ôtai la main, il y avait sur la paroi l'empreinte d'un Mutant et je ne me serais pas sentie plus honorée si mon visage avait été peint au plafond de la Chapelle Sixtine.

Toute une journée, j'étudiai les inscriptions murales. Je trouvai l'instauration de la suprématie anglaise, l'introduction des changes de monnaies, le premier aéroplane, le premier avion à réaction, les révolutions des satellites dans le ciel, les éclipses et même ce qui ressemblait à une soucoupe volante occupée par des Mutants qui paraissaient encore plus mutés que moi ! Certaines données avaient été personnellement observées par d'anciennes Gardiennes-du-Temps et Gardiennes-de-la-Mémoire ; d'autres avaient été rapportées par des observateurs envoyés dans les zones habitées.

En général, la tribu envoyait des jeunes en éclaireurs, mais elle s'était vite aperçue que la tâche était trop difficile pour eux. Les jeunes se laissent impressionner par la promesse de posséder une camionnette, de manger des glaces tous les jours et d'accéder aux merveilles du monde industrialisé. Les personnes plus âgées résistent mieux car elles reconnaissent la puissance de l'aimant mais ne lui cèdent pas. Toutefois, personne n'était jamais retenu contre son gré dans la famille tribale ; de temps à autre, un membre égaré revenait. Ooota avait été enlevé à sa mère à sa naissance, fait autrefois non seulement courant, mais légal. Pour convertir ces païens et sauver leurs âmes, les enfants étaient élevés dans des institutions où on leur interdisait d'apprendre la langue de leur tribu ou de pratiquer les rituels sacrés. Ooota était resté seize ans en ville avant de s'évader pour retrouver ses racines.

Nous éclatâmes de rire quand Ooota nous raconta ce qui se passe quand le gouvernement, parfois, alloue des maisons aux Aborigènes : les gens dorment dans la cour et utilisent les maisons comme entrepôts. À l'occasion de cette anecdote, mes compagnons me donnèrent leur définition du don : un don n'est un don que lorsque vous donnez à quelqu'un ce qu'il désire. Ce n'en est pas un quand vous lui donnez ce que vous voulez qu'il ait. Un don est sans attache. Il est sans condition, et celui qui le reçoit a le droit d'en faire ce qu'il veut, l'utiliser, le détruire, le jeter. Il lui appartient inconditionnellement et le donateur n'attend rien en échange. Si le don ne correspond pas à ces critères, ce n'en est pas un. Il me fallut bien admettre que les dons du gouvernement et, hélas, la plupart de ce que ma société considère comme des dons, n'en sont pas pour cette tribu. Mais je pouvais aussi me souvenir de gens, dans mon pays, qui donnent constamment, et sans s'en rendre compte. Ils donnent des encouragements, partagent des incidents amusants, offrent une épaule secourable ou sont, tout simplement, d'indéfectibles amis.

La sagesse de cette tribu était pour moi une source continuelle d'émerveillement. Si seulement elle dirigeait le monde, combien nos relations seraient différentes !

25

DÉLÉGUÉE

Le lendemain, je fus autorisée à pénétrer dans l'espace le plus protégé du site souterrain. Le lieu était vénéré et c'était à son sujet que les discussions concernant mon admission avaient été les plus ardentes. Nous dûmes utiliser des torches pour éclairer la salle toute en opale polie et incrustée. En se reflétant sur les parois, le sol et le plafond, la lumière des flammes déclenchait un jeu irisé de toutes les couleurs de l'arc-en-ciel. Jamais je n'avais vu pareil spectacle. Je me trouvais à l'intérieur d'un cristal et les couleurs vibraient sous moi, au-dessus de moi, me cernant de toutes parts.

C'est dans cette pièce que les membres du Vrai Peuple se rendent en grande cérémonie pour communiquer avec l'Unité divine, au cours de ce que nous pourrions appeler une méditation. On m'expliqua la différence entre les prières des Mutants et la forme de communication utilisée par les membres du Vrai

Peuple : par notre prière, nous parlons au monde spirituel tandis qu'eux font tout le contraire, ils écoutent. Après avoir fait le vide dans leur esprit, ils attendent de recevoir. Il me semble qu'ils ont tiré les conséquences du raisonnement suivant : on ne peut pas entendre la voix de l'Un quand on est trop occupé à jacasser.

C'est aussi là que se déroulent la plupart des cérémonies de mariage et de changements de nom. Les vieillards souhaitent aussi y revenir au moment de mourir. Autrefois, quand seuls les Aborigènes occupaient le continent, les méthodes de sépulture étaient différentes selon les clans. Certains enterraient leurs morts emmaillotés comme des momies, dans des tombes creusées au flanc des montagnes. À une certaine époque, l'Ayers Rock avait accueilli beaucoup de corps mais à présent, naturellement, c'était fini. Le Vrai Peuple n'a jamais accordé beaucoup de signification aux cadavres humains et enterre souvent ses morts dans une fosse peu profonde, car il lui semble correct qu'ils retournent dans la terre pour être recyclés, comme tout élément de l'univers. Certains Aborigènes veulent maintenant être laissés sans sépulture dans le désert de façon à devenir aliment pour le royaume animal qui fournit la nourriture avec tant de loyauté dans le cycle de la vie. « La grande différence, avec les Mutants, pensai-je, est que le Vrai Peuple, lui, sait où il va quand il rend son dernier soupir. Quand on a cette certitude, on part paisible et confiant.

Mais quand on ne l'a pas, il y a manifestement lutte. »

Cette chambre précieuse sert aussi à des enseignements très spéciaux. C'est une salle de classe où l'on apprend l'art de la disparition. Les Aborigènes ont la réputation de savoir disparaître quand ils se trouvent face au danger. La plupart des Aborigènes urbanisés prétendent que c'est un mythe et que leur peuple n'a jamais été capable d'exploits surnaturels. Ils se trompent, car ici, dans le désert, le Vrai Peuple est un maître de l'illusion. Il maîtrise aussi l'illusion de la multiplication. Une personne peut devenir dix, ou cinquante. Cet art remplace les armes comme instrument de survie. Il est fondé sur la peur qui habite les autres races et rend les lances inutiles : il suffit de créer l'illusion de la puissance d'une foule pour que les ennemis effrayés s'enfuient en hurlant... et, plus tard, aillent raconter des histoires de démons et de sorcellerie.

Nous ne restâmes que quelques jours sur ce site mais, avant notre départ, une cérémonie dans la chambre sacrée fit de moi leur porte-parole et un rite spécial fut effectué pour assurer ma protection dans l'avenir. Pour commencer, ma tête fut ointe. Un bandeau torsadé en fourrure de koala argenté portant une opale sertie dans la résine fut attaché sur mon front. Mon corps et mon visage furent couverts de plumes collées. Tous les autres portaient des costumes en plumes. La cérémonie, magnifique, fut rythmée par des sons obtenus au moyen de roseaux et d'éventails de plumes. Le son me parut aussi beau que la musique d'orgue des plus belles cathédrales du monde. Mes compagnons utilisaient aussi des tubes en terre et un petit instrument à la sonorité de flûte.

Je sus alors que j'étais vraiment acceptée. J'avais surmonté les épreuves auxquelles on m'avait soumise sans m'avertir et sans m'en donner la raison. Au centre du cercle, au centre des chants, attentive aux sons musicaux très purs et très anciens, je me sentais profondément émue.

Le lendemain, une partie du groupe seulement repartit avec moi pour continuer le voyage. Où allions-nous ? Je l'ignorais.

26

UN NON-ANNIVERSAIRE

À deux occasions, durant notre voyage, nous honorâmes les talents d'un membre du groupe. Tout le monde, ici, a droit à sa fête personnelle mais elle n'a rien à voir avec l'âge ou la date de naissance : c'est une reconnaissance de son unicité et de sa contribution à la vie. Le Vrai Peuple pense que le but du passage du temps est de permettre aux personnes de devenir meilleures, plus sages, et d'exprimer de plus en plus leur état d'être. Si vous vous sentez meilleur cette année que l'an passé et si vous en êtes certain, vous demandez une fête. Quand vous dites que vous êtes prêt, tout le monde respecte cette certitude.

L'une de ces fêtes eut lieu pour une femme dont le talent, ou remède, dans la vie, était d'écouter. Elle s'appelait Gardienne-des-Secrets. Quel que soit le sujet qu'on voulait aborder, le poids dont on désirait se soulager, ce qu'on voulait confesser, et même si l'on avait simplement envie de bavarder, Gardienne-des-Secrets était toujours disponible.

Elle considérait les conversations comme privées, ne donnait pas vraiment son avis, ne jugeait pas. Elle tenait la main de son interlocuteur ou lui prenait la tête sur ses genoux et écoutait. Elle semblait avoir le secret d'encourager les gens à trouver eux-mêmes une solution, à faire ce que leur cœur leur conseillait.

Je pensai à mes compatriotes, aux États-Unis, au nombre incroyable de jeunes qui semblent n'avoir aucun but, aucune idée de la direction à prendre, aux sans-abri persuadés qu'ils n'ont rien à proposer à la société, aux drogués qui cherchent une autre réalité que la nôtre. J'aurais voulu pouvoir les transporter ici et leur montrer combien il suffit de peu de chose, parfois, pour servir la communauté et combien il est merveilleux d'éprouver le sentiment de sa propre valeur et d'en faire l'expérience. Cette femme connaissait ses points forts, ainsi que tous ses compagnons.

Pour la fête, Gardienne-des-Secrets s'assit, un peu au-dessus de nous. Elle avait demandé que l'univers nous fournisse une bonne nourriture, si l'ordre des choses le voulait ainsi. Et naturellement, en fin d'après-midi, nous traversâmes une zone où abondaient les plantes à baies et à grappes.

Quelques jours auparavant, nous avions vu au loin tomber la pluie et trouvé des têtards dans les flaques résiduelles. Les têtards furent placés sur des dalles rocheuses et séchés, donnant une forme d'aliment à laquelle je n'aurais jamais pensé. Notre menu comporta aussi plusieurs sortes de créatures peu appétissantes qui sautillent dans la boue.

Nous avions de la musique et j'appris à mes compagnons une danse folklorique du Texas, Cotton-Eyed Joe, dont nous fîmes un arrangement pour percussion. Cela nous amusa beaucoup. Puis, j'expliquai que les Mutants aiment danser par couples et j'invitai Cygne-Noir. Il apprit instantanément à valser mais, comme nous ne réussissions pas à conserver le rythme, je fredonnai l'air tout en l'encourageant à suivre mes pas et, bientôt, tout le monde fredonnait et valsait sous le ciel australien. Je montrai aussi une danse à quatre et Ooota se révéla un magnifique meneur en annonçant les figures. Ce soir-là, je pensai que, puisque je maîtrisais apparemment l'art de guérir dans ma société occidentale, je pourrais peut-être envisager de me lancer dans le domaine musical !

Je faillis recevoir un nom aborigène. Sentant que je possédais plus d'un talent et que je pouvais les aimer et aimer leur façon de considérer la vie tout en restant loyale à l'égard de la mienne, mes amis me surnommèrent Deux-Cœurs.

À la fête de Gardienne-des-Secrets, plusieurs personnes lui dirent tout à tour à quel point sa présence dans la communauté était précieuse et combien tous appréciaient son travail. Elle rayonnait avec modestie et prenait les louanges avec une dignité de reine.

Ce fut une magnifique soirée et, avant de m'endormir, je remerciai l'univers pour cette mémorable journée.

Si l'on m'avait laissé le choix, jamais je n'aurais suivi ce groupe ; jamais non plus je n'aurais mangé de têtards si l'on m'en avait proposé sur un menu et, pourtant, je vivais ici des moments merveilleux, alors que, dans mon pays, un grand nombre de nos jours fériés ont souvent perdu tout leur sens.

27

UN COUP DE TORCHON

Devant nous, le terrain était creusé par l'érosion et des ravines de trois mètres de profondeur nous empêchaient d'avancer en ligne droite. Soudain, le ciel devint noir. Au-dessus de nous, d'énormes nuages plombés roulèrent avec violence. La foudre frappa le sol tout près de nous, suivie par un assourdissant claquement de tonnerre. Le ciel devint un hallucinant plafond de pulsations lumineuses et nous nous dispersâmes en courant pour chercher un abri sûr sans réussir à en trouver un. Il n'y avait là que des buissons rabougris, des arbres souffreteux. Une croûte friable tapissait le sol.

Tandis que les nuages se déchiraient et que la pluie frappait obliquement la terre, j'entendis dans le lointain comme le grondement d'un train. Sous mes pieds, le sol frémissait et d'énormes gouttes tombaient du ciel. La foudre frappait et les claquements du tonnerre étaient d'une telle violence que tout mon système nerveux était galvanisé. Je tâtai autour de ma taille la lanière de cuir à laquelle étaient suspendus une gourde pleine d'eau et un petit sac en cuir de varan que Femme-Guérisseuse avait garni d'herbes médicinales, d'huiles et de poudres. Elle m'avait expliqué d'où provenait chaque ingrédient et quel était son emploi mais j'avais bien vu que cet enseignement prendrait autant de temps que le cycle de six années d'études imposé aux étudiants en médecine, en pharma-cologie ou en ostéopathie. Je vérifiai la solidité du nœud.

Les bruits et l'agitation ambiante ne m'em-pêchèrent pas d'entendre autre chose, quelque chose de nouveau, un bruit menaçant qui dominait les autres. Ooota me cria :

– Attrape un arbre ! Cramponne-toi !

Mais il n'y avait pas d'arbre à portée de la main. En levant les yeux, je vis une énorme chose approcher en roulant dans le désert. Une forme d'une dizaine de mètres de largeur, haute, noire, qui progressait très vite et fut sur moi avant que j'aie pu réfléchir ! De l'eau. Un flot d'eau boueuse, tourbillonnante et écumante déferla sur ma tête.

Emportée par sa puissance, je tournoyai, la respiration coupée. Mes mains battaient, cher-chant à agripper un point fixe. Les oreilles pleines de boue épaisse, j'avais perdu tout sens du haut et du bas. Mon corps pirouettait, culbu-tait. Tout à coup, je heurtai du flanc quelque chose de dur et restai sur place, courbée sur un buisson. J'étirai bras et cou au maximum, cher-chant l'air, les poumons en feu. Il fallait que je respire, je n'avais pas le choix. Soumise à des forces que je ne comprenais pas, sûre de me noyer, j'inspirai. De l'air. Je ne pouvais ouvrir les yeux, tant la boue plâtrait mon visage. Je sentais des broussailles me rentrer dans le flanc, tandis que la force de l'eau pliait mon corps de plus en plus.

Aussi vite qu'elle était venue, la crue prit fin. Le front passé, la hauteur de l'eau baissa vite. Je sentis la pluie sur mon corps. Je lui offris mon visage et elle délaya la carapace de boue. En essayant de me redresser, je me sentis basculer et, quand je réussis à ouvrir les yeux, je vis que mes jambes s'agitaient à un mètre cinquante au-dessus du sol, à mi-pente de la ravine. J'entendais les voix de mes compagnons qui se dégageaient de la boue. Comme je ne pouvais grimper, je me laissai glisser. Mes genoux encaissèrent le choc et je commençai à avancer dans le creux en titubant mais je fis bientôt demi-tour car les voix provenaient de la direction opposée.

Peu après, nous étions tous réunis. Personne n'était gravement blessé mais notre chargement de peaux pour la nuit avait été emporté, de même que ma ceinture et ses précieux fardeaux. Nous nous tînmes debout sous la pluie, laissant la boue qui encroûtait nos corps retourner à la Terre mère. Un à un, mes compagnons enlevèrent leurs vêtements, rincèrent la terre et les graviers accumulés dans les plis des étoffes. Moi aussi j'ôtai mon vêtement et, comme j'avais perdu mon bandeau, je passai les doigts dans ma tignasse emmêlée. Le spectacle dut paraître drôle car des femmes s'approchèrent pour m'aider. On me fit asseoir. Comme la pluie avait imbibé les vêtements étalés par terre, mes compagnes tordirent les tissus au-dessus de ma tête tout en peignant les mèches de cheveux avec leurs doigts.

Quand la pluie cessa, nous nous rhabillâmes et, quand nos vêtements furent secs, nous brossâmes de la main le sable et les graviers collés. L'air chaud semblait pomper l'humidité, laissant ma peau tendue comme un canevas sur son tambour. Mes compagnons m'avouèrent alors qu'ils préféraient ne pas porter de vêtements quand il fait très chaud et qu'ils ne s'étaient couverts que pour ménager mes sentiments et respecter mes coutumes puisque j'étais leur invitée.

Le plus étonnant était à quel point le trouble créé par l'incident avait été de courte durée. Nous avions tout perdu, mais, en un rien de temps, nous étions en train de rire. J'admis que je me sentais mieux et sans doute avais-je meilleure allure, après cette douche torrentielle. L'orage avait exacerbé ma conscience de la valeur de la vie et la passion qu'elle m'inspirait. Cette empoignade avec la mort avait balayé ma vieille conviction que la joie et le désespoir avaient leur source en dehors de moi-même. Tout, sauf les chiffons qui couvraient nos corps, avait été emporté. Les menus cadeaux que j'avais reçus, des petites choses que j'aurais voulu rapporter aux États-Unis et transmettre à mes petits-enfants, avaient disparu. J'avais le choix : me lamenter ou accepter. Le marché était-il honnête : mes seules possessions matérielles contre une leçon de détachement ? Mes amis me dirent que, sans doute, j'aurais dû pouvoir conserver les objets qui avaient été emportés mais que, dans l'énergie de l'Unité divine, j'y étais encore apparemment trop attachée et leur accordais trop d'importance. Avais-je cette fois appris enfin à ne plus accorder d'importance qu'à l'expérience elle-même et non aux éléments matériels ?

Ce soir-là, nous creusâmes un petit trou dans la terre et, une fois le feu allumé, nous y plaçâmes plusieurs pierres à chauffer. Quand le feu se fut éteint, nous ajoutâmes sur les pierres des brindilles humides, puis des légumes racines et, pour finir, des herbes sèches. Le trou fut recouvert de sable et nous patientâmes, presque comme on attend que les plats sortent d'un four General Electric. Une heure plus tard, nous déterrâmes notre dîner et mangeâmes ce délicieux repas avec reconnaissance.

La nuit, sur le point de m'endormir sans le confort de ma peau de dingo, la prière de la sérénité me revint en mémoire : « Mon Dieu, donnez-moi la sérénité d'accepter ce que je ne puis changer, le courage de changer ce qui est à ma portée et la sagesse de voir la différence. »

28

BAPTÊME

Après ces torrents de pluie, des fleurs surgirent comme par miracle et le paysage vide et désolé se couvrit d'un tapis de couleurs. Nous marchions sur les fleurs, nous mangions des fleurs, nous décorions nos corps de guirlandes fleuries. C'était merveilleux.

Nous approchions de la côte. Le désert était derrière nous et, chaque jour, la végétation devenait plus dense. Plantes et arbres se faisaient plus hauts et plus nombreux. La nourriture était aussi plus abondante. Nous trouvions tout un choix de graines, de pousses, de fruits à coque, de fruits sauvages. Un de mes compagnons pratiqua une petite entaille sur un tronc d'arbre et nous plaçâmes nos nouveaux récipients à eau sous la fente pour recueillir le liquide. Nous prîmes aussi nos premiers poissons et la saveur de leur chair fumée reste pour moi un précieux souvenir. Nous trouvions beaucoup d'œufs de reptiles et d'oiseaux.

Nous parvînmes près d'une mare magnifique en pleine brousse. Toute la journée, mes compagnons m'avaient taquinée à propos de la bonne surprise qui m'attendait et cette eau fraîche et profonde m'étonna en effet. Nous nous trouvions devant un bassin rocheux d'eau courante entouré d'une végétation touffue, presque une atmosphère de jungle. J'étais surexcitée, comme mes compagnons l'avaient prévu. L'eau me paraissait assez profonde pour y nager et je demandai si je pouvais. On me dit de patienter, d'attendre que la permission soit donnée ou refusée par les habitants qui gouvernaient ce territoire. La tribu entama un rituel pour demander le partage de la mare. Tandis que nous chantions, la surface de l'eau se rida. L'ondulation me sembla partir du centre et se diriger vers la rive opposée à celle sur laquelle nous nous tenions. Puis une longue tête aplatie émergea, suivie par un corps reptilien de deux mètres de longueur : un crocodile ! Un autre encore apparut. Les deux reptiles sortirent de l'eau et s'enfoncèrent sous les feuillages mais quand on me dit que, maintenant, je pouvais y aller, mon enthousiasme était nettement retombé.

« Vous êtes sûrs qu'ils sont tous partis ? demandai-je mentalement, comment savez-vous qu'il n'y en a que deux ? »

Mes compagnons me le certifièrent en sondant l'eau avec une longue branche. Aucune réaction. Un guetteur fut alors placé en surveillance et nous nageâmes. Je trouvai merveilleux de m'asperger d'eau et de me laisser flotter, la colonne vertébrale complètement détendue pour la première fois depuis plusieurs mois.

Aussi étrange que cela puisse paraître, cette immersion confiante dans la mare aux crocodiles me parut le symbole d'un autre baptême. Je n'avais pas découvert une seconde religion, j'avais trouvé une nouvelle foi.

Nous n'installâmes pas le campement près de la mare mais reprîmes notre marche. Peu après, nous rencontrâmes un autre crocodile, beaucoup plus petit. À sa façon d'apparaître sur notre chemin, je compris qu'il venait offrir sa vie volontairement pour nous nourrir. Le Vrai Peuple ne mange pas beaucoup de chair de crocodile parce que c'est un animal violent et fourbe et que les vibrations de la viande peuvent interférer avec les vibrations personnelles et contrecarrer des efforts vers la non-violence et la paix. Nous avions déjà cuit des œufs de crocodile, qui ont un goût affreux, mais, quand vous demandez à l'univers de vous fournir votre dîner, vous ne crachez pas dans la soupe ! Vous faites comme les autres : vous avalez de grosses bouchées et ne vous resservez pas.

En longeant la rivière, nous trouvâmes de nombreux serpents d'eau et les gardâmes vivants de façon à avoir de la viande fraîche pour le dîner. Plus tard, au camp, je vis plusieurs membres de la tribu maintenir fermement un serpent et prendre sa tête sifflante dans leur bouche. Les dents serrées sur la tête du reptile, d'un rapide mouvement des mains ils le tuaient instantanément et sans souffrance pour honorer le but de son existence. Je savais que l'Unité divine n'impose pas la souffrance aux créatures vivantes, sauf si la créature l'accepte, et cela s'applique aux êtres humains aussi bien qu'aux animaux. Pendant le fumage des serpents, je restai assise, souriant au souvenir d'un vieil ami, le Dr Carl Cleveland, et des années qu'il avait passées à apprendre à ses élèves les gestes précis permettant de réduire les luxations. « Un jour, me dis-je, je lui ferai partager ce nouveau genre d'activité. »

« Aucune créature ne doit souffrir, sauf si elle accepte volontairement la souffrance », voilà une pensée à méditer. Femme-des-Esprits m'expliqua que chaque âme, au plus haut niveau de notre être, peut choisir de naître dans un corps imparfait ; parfois, elle le fait et elle devient alors souvent capable d'enseigner, d'influencer les vies qu'elle côtoie. Femme-des-Esprits dit que les membres de la tribu qui ont été tués autrefois avaient choisi avant leur naissance de vivre pleinement leur vie mais, à un certain moment, ils ont décidé de participer à l'épreuve d'illumination d'une autre âme. S'ils ont été tués, c'est avec leur accord au niveau de l'éternité, et cela indique à quel point ils ont profondément compris ce qu'est l'éternité. C'est l'indication que leur meurtrier a échoué et sera de nouveau mis à l'épreuve dans le futur. Toutes les maladies, tous les troubles ont un lien spirituel, ce sont des marchepieds : si seulement les

Mutants voulaient s'ouvrir et écouter leur corps, ils s'en rendraient compte.

Cette nuit-là, dans un désert morne et obscur, le monde prit vie et je compris que j'avais enfin surmonté ma peur. J'avais certes fait mes débuts en élève réticente venue de la ville mais, maintenant, cette aventure vécue ici, dans le désert intérieur où seuls règnent la terre, le ciel et une vie issue en droite ligne du passé, où les écailles, les crocs et les griffes préhistoriques sont toujours présents, mais dominés par un peuple qui ignore la peur, me parut bonne.

Je sus que j'étais prête à retrouver la vie que j'avais apparemment choisie en héritage.

29

LIBÉRÉE

Nous avions installé notre campement à une altitude plus élevée que la veille. L'air était frais. On me dit que l'océan n'était pas loin, même si on ne le voyait pas.

Il était très tôt. Le soleil n'était pas encore levé mais mes compagnons s'affairaient déjà. Chose exceptionnelle, ils préparaient un feu matinal. Je levai les yeux et vis le faucon perché dans un arbre au-dessus de moi.

Nous effectuâmes notre rituel quotidien puis Cygne-Noir-Royal, prenant ma main, m'attira vers le feu. Ooota me dit que l'Ancien voulait prononcer une bénédiction spéciale. Tout le monde se groupa autour de moi, en formant une ronde de bras étendus. Tous les yeux étaient clos, tous les visages tournés vers le ciel. Cygne-Noir-Royal s'adressa aux cieux et Ooota traduisit :

– Unité divine, salut. Nous sommes ici devant toi en compagnie d'une Mutante. Nous avons marché avec elle et nous savons qu'elle recèle une étincelle de ta perfection. Nous l'avons touchée, nous l'avons changée, mais transformer un Mutant est une tâche très difficile.

» Tu verras que son étrange peau claire devient de plus en plus naturelle et brune et que ses cheveux blancs s'éloignent de sa tête où de beaux cheveux noirs ont pris racine. Mais nous n'avons pu influencer l'étrange couleur de ses yeux.

» Nous avons beaucoup appris à la Mutante et elle nous a beaucoup appris. Il semble que les Mutants aient dans leur vie une chose appelée sauce. Ils connaissent la vérité, mais celle-ci est enfouie sous les liants et les épices des convenances, du matérialisme, de l'insécurité et de la peur. Ils ont aussi dans leur vie une chose appelée glaçage et qui paraît correspondre à la façon dont ils gaspillent presque tous les instants de leur vie en projets superficiels, artificiels, temporaires, agréables au goût et jolis et passent très peu de vrais moments à développer leur être éternel.

» Nous avons choisi cette Mutante et nous la libérons comme un oiseau au bord du nid, pour qu'elle s'envole loin et haut, et pour qu'elle pousse ses cris perçants, comme le martin-chasseur géant, et qu'elle raconte à ceux qui l'écouteront que nous allons mourir.

» Nous ne jugeons pas les Mutants. Nous prions pour eux et nous les absolvons comme nous prions pour nous et nous absolvons nous-mêmes. Nous prions pour qu'ils examinent leurs actions, leurs valeurs et comprennent que la vie est Une, avant qu'il soit trop tard. Nous prions pour qu'ils cessent de détruire la terre et de se détruire les uns les autres. Nous prions pour qu'il y ait assez de Mutants prêts à devenir réels et à changer les choses.

» Nous prions pour que le monde des Mutants entende et accepte notre messagère.

» Fin du message.

Femme-des-Esprits m'entraîna un peu plus loin puis, au moment où le soleil se levait, elle me désigna du doigt la ville étalée au loin devant nous. L'heure était venue pour moi de regagner la civilisation. Son visage brun plissé se tendait au-delà du bord de la falaise et ses vifs yeux noirs observaient attentivement. Dans son sourd langage natal, elle me parla en désignant la ville et je compris que le matin de ma libération était venu. La tribu me remettait en liberté, je quittais mes instructeurs. Avais-je bien appris ma leçon ? Seul le temps le dirait. Me souviendrais-je de tout ? C'était drôle, je m'inquiétais davantage de leur message que de retrouver la société des Aussies.

Nous rejoignîmes le groupe et chaque membre me dit adieu. Nous nous étreignîmes : c'est, semble-t-il, le geste universel des adieux, entre amis véritables. Ooota dit :

– Nous n'avions rien à te donner que tu n'aies déjà, mais nous sentions bien que, même si nous ne pouvions rien te donner, tu recevrais. C'est cela, notre don.

Cygne-Noir-Royal me prit les mains. Je crois qu'il avait les larmes aux yeux. Il dit, et Ooota traduisit :

– N'abandonne jamais tes deux cœurs, mon amie, je t'en prie. Tu es venue à nous avec deux cœurs ouverts. Maintenant, ils sont comblés de compréhension et d'émotion, pour notre monde et le tien. Tu m'as fait le don d'un second cœur, à moi aussi. J'ai maintenant un savoir et une compréhension qui sont au-delà de tout ce que j'aurais pu imaginer pour moi-même. Notre amitié m'est précieuse. Va en paix et que nos pensées te protègent.

Ses yeux s'illuminèrent comme de l'intérieur tandis qu'il ajoutait rêveusement :

– Nous nous rencontrerons encore, sans nos encombrants corps humains.

30

TOUT EST BIEN...

Je m'éloignai. Je savais que ma vie ne serait plus jamais aussi simple et constructive que celle vécue durant ces derniers mois et qu'une partie de moi-même en garderait toujours la nostalgie.

Il me fallut marcher presque toute la journée pour couvrir la distance qui me séparait de la ville. Je ne savais pas comment me débrouiller pour quitter cette région, pour regagner ma maison de location. Je ne savais même pas où j'étais. Je vis une route mais renonçai à l'idée d'en suivre le bord et continuai à avancer dans la brousse. À l'instant où je me retournai pour regarder en arrière, une rafale de vent, surgie de nulle part, effaça mes empreintes sur le sable : elle semblait passer l'éponge sur ma vie dans le désert. Puis, comme je parvenais à l'entrée de la ville, mon compagnon intermittent, le faucon brun, virevolta au-dessus de ma tête.

Au loin, j'aperçus un vieil homme. Il portait des blue-jeans, une chemise de sport rentrée à la taille sous une ceinture distendue et un vieux chapeau de brousse vert déformé. Il ne sourit pas en me voyant approcher, mais ses yeux s'écarquillèrent.

Hier, j'avais tout : nourriture, vêtements, abri, soins médicaux, compagnons, musique, distractions, soutien, famille et beaucoup, beaucoup de joie et de rire. Tout cela gratuitement. Ce monde-là avait disparu.

Aujourd'hui, sauf si je mendiais un peu d'argent, je ne pourrais rien obtenir. Tout ce dont nous avons besoin pour exister doit être acheté. Je n'avais pas le choix. J'étais une mendiante crasseuse et déguenillée, une clocharde sans même son sac en plastique débordant. J'étais seule à connaître la vérité de la personne dissimulée sous cette enveloppe de misère et de saleté. En cet instant, mes relations avec le monde des sans-abri changèrent irrévocablement.

Je m'approchai de l'Australien :

– Puis-je vous emprunter un peu de monnaie ? Je viens de la brousse et je dois donner un coup de téléphone. Je n'ai pas d'argent. Si vous me donnez votre nom et votre adresse, je vous rembourserai.

Il continua à me fixer avec intensité, en fronçant les sourcils, puis il enfonça la main dans sa poche droite et en sortit une pièce, tout en se pinçant les narines de l'autre main. Je savais que je sentais mauvais, car le bain sans savon dans la mare aux crocodiles datait maintenant de quinze jours. Il hocha la tête. Non, merci, il ne tenait pas à être remboursé. Il s'éloigna.

Je remontai quelques rues et rencontrai un groupe d'enfants. Ils attendaient le bus de l'après-midi qui les ramènerait chez eux. Tous avaient l'allure impeccable des écoliers australiens, avec les mêmes vêtements ; seules leurs chaussures traduisaient une volonté d'expression personnelle. Ils fixèrent mes pieds nus, appendices cornés en pleine transformation plus que pieds féminins.

Je savais que j'étais affreuse à voir et espérais simplement ne pas leur faire peur, avec mes haillons et mes cheveux que n'avait pas touchés un peigne depuis plus de cent vingt jours. Mon visage, mes épaules et mes bras avaient pelé si souvent que ma peau était constellée de grandes taches. Et, de plus, je venais d'en recevoir la confirmation, j'empestais !

– Excusez-moi, dis-je, j'arrive de la brousse. Pouvez-vous me dire où je pourrais trouver un téléphone ? L'un de vous sait-il où il y a un bureau de télégraphe ?

Leur réaction me rassura. Ils n'avaient pas peur. Ils gloussaient et pouffaient de rire. Mon accent américain les confortait dans leur conviction fondamentale : les Américains sont très bizarres. Ils m'expliquèrent qu'il y avait une cabine téléphonique à deux pâtés de maisons.

J'appelai mon bureau, je demandai qu'on m'envoie de l'argent par mandat télégraphique. On me donna l'adresse de la compagnie du télégraphe. Je m'y rendis, à pied et, en entrant, je vis à l'expression des visages des employés qu'ils étaient prévenus et s'attendaient à un client inhabituel.

La caissière me tendit l'argent sans enthousiasme mais sans me demander de justifier mon identité. Comme je ramassais la liasse de billets, elle aspergea le comptoir – et moi – avec une bombe aérosol de désinfectant.

L'argent à la main, je pris un taxi et me fis conduire dans une grande surface où j'achetai un pantalon, un chemisier, des sandales, du shampooing, une brosse à cheveux, du dentifrice, une brosse à dents et des épingles à cheveux. Le chauffeur de taxi m'arrêta devant un étalage où je remplis un sac en plastique de fruits frais et achetai une demi-douzaine de jus de fruits différents en récipients de carton. Puis il m'emmena jusqu'à un motel et attendit jusqu'à ce qu'il fût sûr qu'on m'accepte. Nous nous étions demandé si on me laisserait entrer, mais l'argent est un sésame plus puissant qu'une allure douteuse. Dans ma chambre, j'ouvris le robinet d'eau chaude et bénis la baignoire. Pendant qu'elle se remplissait, j'appelai l'aéroport et retins une place d'avion pour le lendemain. Je passai les trois heures suivantes, tout en trempant dans le bain, à trier les événements des dernières années et, surtout, des derniers mois de ma vie.

Le lendemain, je pris l'avion, visage récuré, cheveux affreux mais propres, boitillant sur les sandales que j'avais dû découper et qui ne recouvraient que tout juste mes pieds calleux. Mais je sentais bon ! Comme j'avais oublié d'acheter des vêtements avec des poches, mon argent était en sécurité dans mon chemisier.

Ma logeuse fut contente de me voir. J'avais raison, elle s'était portée garante auprès des propriétaires pendant mon absence. Pas de problème. Il me fallait simplement payer mes loyers en retard. Le commerçant australien qui m'avait loué la télévision et le magnétoscope avant de partir ne s'était même pas manifesté, n'avait pas cherché à récupérer son matériel. Lui aussi était heureux de me revoir. Il savait bien que jamais je ne serais partie sans lui rendre ses appareils et payer la facture.

Au bureau, mon projet était en plan, il attendait mon retour. Mes collègues, très troublés, réussirent à plaisanter et me demandèrent si j'avais été travailler dans une mine d'opale. Le propriétaire de la Jeep leur avait déclaré qu'il était convenu que si Ooota et moi ne revenions pas, il devait aller chercher sa voiture dans le désert et téléphoner à mon employeur. Il leur avait dit que j'étais partie pour une longue marche, ce qui voulait dire une destination inconnue et un déplacement sans limites dans le temps à la manière aborigène. Ils n'avaient pas d'autre solution que d'accepter et, comme personne ne pouvait mener le projet à bien sans moi, celui-ci m'avait attendu.

Je téléphonai à ma fille. Elle fut soulagée de m'entendre et passionnée par ce que je lui racontai. Elle m'avoua que jamais elle n'avait éprouvé d'inquiétude au sujet de ma disparition. Elle était sûre que, s'il y avait eu un ennui grave, elle l'aurait senti. En ouvrant mon abondant courrier, j'appris que j'avais été rayée de ma chaîne familiale d'échanges de colis de Noël parce que je n'avais pas envoyé de cadeau !

Il fallut beaucoup de temps, de longs trempages, des séances de pierre ponce et de massages avec des liniments pour que mes pieds recommencent à tolérer les bas et les chaussures. Il m'arriva même d'utiliser un couteau électrique pour scier la corne.

J'étais remplie de gratitude devant les objets les plus hétéroclites : le rasoir qui me permettait de me raser les aisselles, le sommier qui me soulevait sur ses minuscules roulements à billes, les rouleaux de papier-toilette. J'essayais sans me lasser de décrire aux gens cette tribu pour l'amour de laquelle j'étais née. J'essayais de décrire sa façon de vivre, son système de valeurs et ses messages angoissés pour l'avenir de la planète. Chaque fois que je lisais dans un journal une nouvelle concernant une grave dégradation de l'environnement et des précisions sur le sombre avenir réservé à la végétation la plus verte et la plus luxuriante, je savais que c'était la vérité. Il fallait que le Vrai Peuple quitte cette terre. S'il pouvait à peine survivre avec la nourriture qu'il trouvait actuellement, qu'en serait-il avec les effets futurs des rayonnements ? La tribu a raison : les humains ne peuvent fabriquer de l'oxygène, seules les plantes et les arbres en sont capables. D'après elle, « nous

235

sommes en train de détruire l'âme de la terre »,
notre insatiabilité technique est entachée d'une
ignorance profonde qui représente une grave
menace pour la vie, une ignorance que seule la
vénération de la nature pourrait combler. Le
Vrai Peuple a mérité de ne plus continuer à
vivre sur une planète déjà surpeuplée. Depuis
l'origine des temps, il est resté honnête, loyal,
paisible, et n'a jamais mis en doute ses liens
avec l'univers.

Je ne comprenais pas que les gens à qui je
m'adressais ne s'intéressent pas aux valeurs du
Vrai Peuple. Certes, il est effrayant d'affronter
l'inconnu, de concevoir quelque chose d'apparemment différent. Mais j'essayais d'expliquer
que cela peut élargir notre conscience, nous
aider à résoudre nos problèmes sociaux et
même à guérir nos maladies. J'avais l'impression de parler à des sourds. Les Australiens se
montraient sceptiques et même Geoff, qui avait
un moment caressé l'idée de m'épouser, ne put
accepter l'éventualité que la sagesse puisse
venir de la brousse. Il me donna à entendre que
c'était très bien d'avoir vécu une aventure
exceptionnelle mais qu'il espérait que j'allais
me ranger pour assumer dorénavant mon rôle
de femme. Je finis par quitter l'Australie, une
fois mon projet de suivi médical mené à bien,
sans avoir raconté mon histoire du Vrai Peuple.

Il semblait que l'étape suivante de mon
voyage dans la vie devrait échapper à mon
contrôle et être prise en main par des instances
plus hautes et plus puissantes.

236

Dans l'avion qui me ramenait aux États-Unis, mon voisin engagea la conversation. C'était un homme d'affaires d'âge mûr, avec une de ces bedaines distendues qui paraissent toujours sur le point d'exploser. Nous abordâmes divers sujets pour finir par les Aborigènes. Je lui parlai de mon expérience en compagnie des marcheurs du désert. Il écouta avec attention mais me fit une remarque qui semblait résumer toutes les réactions obtenues jusqu'alors :

– Écoutez, personne ne savait que ces gens-là existaient. Vous me dites qu'ils vont disparaître. Bon, et alors ? Franchement, je pense que tout le monde s'en fout. Et puis, c'est leurs idées contre les nôtres, et comment une société tout entière pourrait-elle être dans l'erreur ?

Pendant plusieurs semaines, je gardai mes réflexions enfouies dans mon cœur et scellées derrière mes lèvres closes. Ce peuple avait touché si profondément ma vie que risquer une réaction négative me paraissait presque « jeter des perles aux pourceaux ». Pourtant, je me rendis compte peu à peu que mes vieux amis s'intéressaient sincèrement à mes récits, et certains d'entre eux me demandèrent de raconter mon expérience à des groupes. La réaction était toujours la même : des auditeurs abasourdis, qui comprenaient soudain que ce qui est fait ne peut être défait mais peut être modifié.

C'est vrai, le Vrai Peuple nous quitte. Mais son message nous est parvenu, malgré nos styles de vie et nos attitudes nappées de sauce et de glaçage. Non que nous voulions convaincre la tribu de survivre, d'avoir plus d'enfants : ce n'est pas notre affaire. Ce qui compte pour nous, c'est de mettre ses valeurs pacifiques et profondes en application. Je sais aussi que nous avons deux vies, celle tout au long de laquelle nous apprenons, et celle que nous vivons. L'heure est venue d'écouter les gémissements de crainte de nos frères, de nos sœurs et de la terre elle-même, qui souffre.

Peut-être l'avenir du monde serait-il meilleur si nous cessions d'essayer de découvrir des choses nouvelles et nous efforcions de retrouver notre passé.

La tribu ne critique pas nos inventions modernes, elle honore le fait que l'existence humaine est une expérience d'expression, de créativité et d'aventure, mais elle croit aussi que dans leur recherche de la connaissance, les Mutants auraient bien besoin d'ajouter la phrase : « Si c'est pour le plus grand bien de toute vie. » Le Vrai Peuple espère que nous allons réévaluer nos biens matériels et les adapter. Il croit que l'humanité est plus près qu'elle ne l'a jamais été de vivre dans un paradis. Notre technologie nous offre la possibilité, si nous le voulons, de nourrir tous les êtres humains, et nos connaissances nous permettent de fournir des moyens d'expression et de valorisation, des abris et plus encore, à tous les peuples du monde.

Encouragée par mes enfants et mes amis, je commençai à rédiger le récit de mon aventure et à faire des causeries partout où l'on m'invi-

238

tait, devant des associations, dans des prisons, des écoles, des églises. La réaction fut à double tranchant. Le Ku Klux Klan me désigna comme l'ennemie ; un groupe de discrimination raciale de l'Idaho inscrivit des messages sur toutes les voitures garées dans le parking de l'endroit où je faisais ma causerie. Quelques chrétiens ultraconservateurs me dirent que les gens du désert étaient des païens voués à l'enfer. Quatre employés d'un programme pilote de la télévision australienne vinrent aux États-Unis, se cachèrent dans un placard lors d'une de mes conférences et tentèrent de m'interrompre et de me contredire. Ils étaient certains qu'aucun Aborigène n'avait échappé aux recensements et ne vivait dans le désert, et ils m'accusèrent d'imposture. Mais chaque commentateur désagréable se doublait d'un auditeur désireux d'en savoir davantage sur la télépathie, sur la façon de substituer l'illusion aux armements et sur les valeurs ou les techniques du Vrai Peuple.

On me demande souvent de quelle façon cette expérience a influencé ma vie. Elle l'a profondément changée. Peu après mon retour aux États-Unis, mon père est mort et j'ai pu lui tenir la main avec amour pour l'aider lors de ce passage. Le lendemain de l'enterrement, j'ai demandé à ma belle-mère un souvenir de lui : des boutons de manchettes, une cravate, un vieux chapeau, qu'importe. Elle a refusé : « Il n'y a rien pour toi ici », m'a-t-elle dit. Autrefois, j'aurais ressenti de l'amertume. Ce jour-là, j'ai béni en silence l'âme de mon père et j'ai quitté la maison familiale, fière de mon être authentique. J'ai regardé le pur ciel bleu et ai adressé un clin d'œil à mon père.

Je crois maintenant que si ma belle-mère m'avait dit avec affection : « Mais bien entendu, cette maison est remplie de choses appartenant à tes parents, prends ce que tu veux comme souvenir », il n'y aurait pas eu de leçon parce que c'était la réaction que j'attendais. Il y a eu croissance spirituelle parce que ce que je considérais comme un dû m'a été refusé et que j'ai pris conscience de la dualité. Le Vrai Peuple m'a prouvé que la seule façon de surmonter une épreuve est de l'affronter, et je suis parvenue à l'étape de ma vie où je puis déceler l'occasion d'affronter une épreuve spirituelle même si la situation me paraît très négative. J'ai appris à discerner la différence entre observer ce qui se passe et le juger. J'ai appris que tout est propice à un enrichissement spirituel.

Dernièrement, un auditeur d'une de mes conférences m'a présentée à quelqu'un de Hollywood. C'était en janvier, dans le Missouri, par une nuit froide et neigeuse. Nous avons dîné ensemble et j'ai parlé pendant plusieurs heures avec Roger et les autres convives tout en buvant du café. Le lendemain. Roger m'a téléphoné pour discuter d'une possibilité de film.

– Où êtes-vous donc passée hier soir ? m'a-t-il demandé. Le temps de régler l'addition, de mettre nos manteaux, de nous dire bonsoir... et quelqu'un a fait remarquer que vous n'étiez plus là. Il n'y avait même pas de traces dans la neige !

– Oui, ai-je répondu, et la réponse se forma dans mon esprit comme une phrase gravée dans du ciment frais. J'ai l'intention de passer le reste de ma vie à me servir des connaissances acquises dans le désert. De toutes. Absolument toutes. Même de la magie de l'illusion !

Moi, Burnam Burnam, Aborigène australien de la tribu Wurundjeri, déclare avoir lu chaque mot du livre Message des Hommes Vrais.

C'est la première fois de ma vie que je lis un livre d'une seule traite, du début à la fin. Je l'ai fait avec passion et respect. C'est un livre fondamental qui ne viole nullement la confiance que nous, Vrai Peuple, avons placée en son auteur. Il défend nos systèmes de valeurs et notre pensée ésotérique avec une profondeur qui me rend très fier de mon héritage.

En décrivant le monde de tes expériences, tu as rétabli la vérité historique. Au XVIe siècle, l'explorateur hollandais William Dampier a écrit que nous étions « le peuple le plus primitif et le plus misérable à la surface de la terre ». Message des Hommes Vrais *nous hisse à un plan de conscience plus élevé et nous décrit comme le peuple royal et plein de majesté que nous sommes.*

Lettre d'un Ancien Wurundjeri

REMERCIEMENTS

Deux personnes en particulier ont rendu ce livre possible, deux âmes qui m'ont prise sous leurs ailes protectrices et qui m'ont encouragée, avec patience, à prendre mon essor. Mes remerciements vont à Jeannette Grimme et Carri Garrison, qui ont partagé ce voyage littéraire à une profondeur insondable.

Je remercie Stephen Mitchell pour sa générosité et pour m'avoir écrit que : « si je n'ai pas toujours traduit leurs mots, mon intention a toujours été de traduire leurs esprits ».

Je remercie Og Mandino, le Dr Wayne Dyer, le Dr Elizabeth Kübler-Ross, écrivains et parfaits lecteurs, tous trois des personnes authentiques.

Merci au jeune Marshall Ball d'avoir consacré sa vie à l'enseignement.

Je voudrais aussi remercier Tante Nola, le Dr Edward J. Stegman, Georgia Lewis, Peg Smith, Dorothea Wolcott, Jenny Decker, Jana Hawkins, Sandford Dean, Nancy Hoflund, Hanley Thomas, la Rév. Marilyn Reiger, le Rév. Richard Reiger, Walt Bodine, Jack Small, Jeff Small et Wayne Baker à Arrow Printing, Stephanie Gunning et Susan Moldow chez Harper-Collins, Robyn Bem, Candice Fuhrman, et tout particulièrement le président de MM Co, Steve Morgan.

TABLE

LES POUVOIRS INEXPLIQUÉS DES ANIMAUX
Rupert Sheldrake

Télépathie, voyance, guérison :
le 6e sens des animaux sauvages et domestiques

Dans le monde entier, des milliers de propriétaires d'animaux témoignent : des chiens retrouvent le chemin de leur maison alors qu'ils en étaient séparés de centaines de kilomètres. D'autres hurlent au moment précis où leur maître meurt. Des chats consolent des malades. Des chevaux sentent l'imminence d'une catastrophe. Des perroquets, des pigeons, des moutons et même des poussins démontrent des facultés hors du commun : télépathie, voyance, télékinésie, don de guérison. Comment expliquer ces phénomènes ?

Au terme d'une étude de cinq années, Rupert Sheldrake, biologiste célèbre, prouve l'existence d'un lien invisible unissant les humains, les animaux et l'environnement. Il nous livre des histoires étonnantes, souvent émouvantes, et explique comment mesurer les capacités psychiques de son animal. De nombreux mystères enfin éclairés !

RUPERT SHELDRAKE

Docteur en sciences naturelles à l'université de Cambridge, Rupert Sheldrake est chercheur titulaire à l'Institut des sciences noétiques de Californie. Il est mondialement connu grâce à ses théories sur les « champs morphogénétiques ».

LE GUERRIER PACIFIQUE
Dan Millman

Un des meilleurs romans initiatiques de notre époque

« *Tout commença en décembre 1966, qui marqua le début d'une série extraordinaire d'événements dans ma vie. J'étais en troisième année à l'université de Californie à Berkeley. Un jour à trois heures vingt du matin, dans une station-service ouverte toute la nuit, je rencontrai pour la première fois Socrate. (Il ne me dit pas son vrai nom, mais après avoir passé un moment avec lui cette nuit-là, je l'appelai d'instinct comme l'ancien sage grec ; le nom lui plut et lui resta). Cette rencontre fortuite, ainsi que les aventures qui ont suivi, allaient changer ma vie.* »

L'homme que l'auteur appelle Socrate a réellement existé. Âgé de presque cent ans, Socrate révèle une formidable jeunesse d'esprit et un humour décapant. À son contact, Dan, un sportif de haut niveau en mal de vivre, voit ses croyances complètement bouleversées. Guidé par le vieux sorcier excentrique, Dan triomphe peu à peu de ses peurs et de ses illusions pour vivre comme un amoureux et un guerrier... pacifique.

DAN MILLMAN
Ancien champion du monde de gymnastique au trampoline, Dan Millman a influencé à travers ses livres et ses conférences les plus grands de ce monde dans toutes les disciplines : sport, art, spectacle, affaires, politique, psychologie. Il vit avec sa famille au nord de la Californie.

RÉCITS D'UN VOYAGEUR DE L'ASTRAL
Daniel Meurois et Anne Givaudan

Le phénomène des sorties hors du corps

Ce livre est le récit d'un voyage réel et peu ordinaire.

Grâce à une technique enseignée autrefois par les yogis de l'Himalaya et par les prêtres des Mystères sacrés de l'Égypte, Daniel Meurois et Anne Givaudan sont parvenus à détacher leur conscience de leur corps physique. Ce phénomène porte plusieurs noms : sortie hors du corps, dédoublement, bilocation, voyage astral.

Rares sont les personnes, comme Daniel Meurois et Anne Givaudan, capables de provoquer ce phénomène à volonté. Au cours de leurs multiples et fascinantes expériences hors du corps, ils ont franchi le seuil d'un univers parallèle au nôtre et ont étudié les lois qui régissent le monde astral. En compagnie d'un être de lumière, ils vont découvrir quelques-uns des plus grands secrets de l'univers et de l'humanité.

DANIEL MEUROIS ET ANNE GIVAUDAN

Depuis plus de vingt ans, Daniel Meurois et Anne Givaudan explorent les mondes invisibles et témoignent des autres réalités dans des ouvrages devenus des best-sellers. Chacun de leur côté, ils poursuivent un travail d'enseignement sur la pluralité des mondes, les soins énergétiques et la spiritualité.

PARANORMAL/DIVINATION/PROPHÉTIES

Édouard Brasey • Enquête sur l'existence des fées et des esprits de la nature
Jean-Charles de Fontbrune • Nostradamus, biographie et prophéties jusqu'en 2025
Dorothée Koechlin de Bizemont • Les prophéties d'Edgar Cayce
Maud Kristen • Fille des étoiles
Rupert Sheldrake • Les pouvoirs inexpliqués des animaux
Sylvie Simon • Le guide des tarots

POUVOIRS DE L'ESPRIT/VISUALISATION

Marilyn Ferguson • La révolution du cerveau
Shakti Gawain • Techniques de visualisation créatrice
Shakti Gawain • Vivez dans la lumière
Jon Kabat-Zinn • Où tu vas, tu es
Bernard Martino • Les chants de l'invisible
Éric Pier Sperandio • Le guide de la magie blanche

LOBSANG T. RAMPA

Le troisième œil
Les secrets de l'aura
La caverne des Anciens
L'ermite

JAMES REDFIELD

La prophétie des Andes
Les leçons de vie de la prophétie des Andes
La dixième prophétie
L'expérience de la dixième prophétie
La vision des Andes
Le secret de Shambhala
(Avec Michael Murphy et Sylvia Timbers) Et les hommes deviendront des dieux

ROMANS ET RÉCITS INITIATIQUES

Deepak Chopra • Dieux de lumière
Laurence Ink • Il suffit d'y croire...
Gopi Krishna • Kundalinî – autobiographie d'un éveil
Shirley MacLaine • Danser dans la lumière
Shirley MacLaine • Le voyage intérieur
Shirley MacLaine • Mon chemin de Compostelle
Dan Millman • Le guerrier pacifique
Marlo Morgan • Message des hommes vrais
Marlo Morgan • Message en provenance de l'éternité
Michael Murphy • Golf dans le royaume
Scott Peck • Les gens du mensonge
Scott Peck • Au ciel comme sur terre
Baird T. Spalding • La vie des Maîtres

SANTÉ/ÉNERGIES/MÉDECINES PARALLÈLES

Janine Fontaine • Médecin des trois corps
Janine Fontaine • Médecin des trois corps. Vingt ans après
Caryle Hishberg & Marc Ian Barasch • Guérisons remarquables
Caroline Myss • Anatomie de l'esprit
Pierre Lunel • Les guérisons miraculeuses
Dr Bernie S. Siegel • L'amour, la médecine et les miracles

SPIRITUALITÉS

Jacques Brosse • Le Bouddha
Deepak Chopra • Comment connaître Dieu
Deepak Chopra • La voie du magicien
Sa Sainteté le Dalaï-Lama • L'harmonie intérieure
Sam Keen • Retrouvez le sens du sacré
Thomas Moore • Le soin de l'âme
Scott Peck • Le chemin le moins fréquenté
Scott Peck • La quête des pierres
Scott Peck • Au-delà du chemin le moins fréquenté
Ringou Tulkou Rimpotché • Et si vous m'expliquiez le bouddhisme ?
Baird T. Spalding • Treize leçons sur la vie des Maîtres
Neale D. Walsch • Conversations avec Dieu
Neale D. Walsch • Présence de Dieu

VIE APRÈS LA MORT/RÉINCARNATION/INVISIBLE

4406

Achevé d'imprimer en France (Manchecourt)
par Maury-Eurolivres le 10 décembre 2004.
Dépôt légal décembre 2004. ISBN 2-290-33991-1
1er dépôt légal dans la collection : juin 1997

Editions J'ai lu
84, rue de Grenelle, 75007 Paris
Diffusion France et étranger : Flammarion